Roswitha Wildgans, Jahrgang 1963, studierte an der Musikhochschule München Gesang. Sie trat als Solistin auf, war Mitglied in verschiedenen Profichören und arbeitete mehrere Jahre als Gesangspädagogin an einer Musikschule. Sie lebt mit Mann und Tochter in der Nähe von Freising. Im Emons Verlag erschienen »Finale Furioso«, »Solo Mortale«, »Concerto Fatale«, »Chorale Criminale« und »Canone Vocale«.

Dieses Buch ist ein Roman. Handlungen und Personen sind frei erfunden. Ähnlichkeiten mit lebenden oder toten Personen sind rein zufällig.

ROSWITHA WILDGANS

Vino Rosso

KRIMINALROMAN

emons:

Bibliografische Information der Deutschen Nationalbibliothek
Die Deutsche Nationalbibliothek verzeichnet diese Publikation
in der Deutschen Nationalbibliografie; detaillierte bibliografische
Daten sind im Internet über http://dnb.d-nb.de abrufbar.

© Emons Verlag GmbH
Alle Rechte vorbehalten
Umschlagfoto: iStockphoto.com/clu
Umschlaggestaltung: Tobias Doetsch
Druck und Bindung: CPI – Clausen & Bosse, Leck
Printed in Germany 2016
Erstausgabe 2011
ISBN 978-3-89705-799-9
Originalausgabe

Unser Newsletter informiert Sie
regelmäßig über Neues von emons:
Kostenlos bestellen unter
www.emons-verlag.de

Für meinen Papa

1

»Putzagentur Rosi Holzwurm«, meldete ich mich geschäftsmäßig am Handy.
»Spreche ich mit der Chefin?«, fragte eine männliche Stimme am anderen Ende der Leitung.
»So ist es. Was kann ich für Sie tun?«
»Ich brauche eine Putzfrau für meine Wochenendwohnung in Limone. Ich erwarte Zuverlässigkeit und deutsche Gründlichkeit, wenn Sie verstehen, was ich meine.«
»Selbstverständlich. Ich überprüfe die Sauberkeit in unseren Objekten immer höchstpersönlich«, versicherte ich.
»Wann können Sie vorbeikommen, damit ich Sie einweisen kann?«, fragte der Herr.
»Frühestens um vierzehn Uhr«, antwortete ich.
»Vierzehn Uhr ist gut, aber seien Sie pünktlich. Ich muss heute noch zurück nach München. Mein Name ist Otto Simon, Via Tamas 22.«
»In Ordnung, Herr Simon, also dann bis später«, verabschiedete ich mich und steckte das Handy zurück in die Rocktasche meines lila-blassblau geblümten Putzkittels. Der Besen, den ich während des Gesprächs zur Hälfte unter dem Kinderbett der Ferienwohnung hatte liegen lassen, brachte einen halben Pfannkuchen, zwei angebissene Schokoriegel und eine benutzte Windel zutage. Gut gelaunt packte ich den Abfall in den großen Müllsack und marschierte mit schwingendem Putzlappen in das kleine Badezimmer. Der Tag hatte optimal begonnen, ich hatte soeben den Auftrag für meine vierte Privatwohnung ergattert. Die meist gehoben ausgestatteten Zweitwohnsitze wohlhabender Münchner waren mir entschieden lieber als die mit Eis und Nutella beschmierten Ferienwohnungen, in denen ich nach Abreise der Urlauber die Endreinigung durchführte, aber irgendwie musste man sich ja über Wasser halten. Wenn

das Geschäft weiter so florierte, würde ich bald nur noch luxuriöse Zweitwohnungen putzen. Rosi, sagte ich mir, du bist auf der Erfolgsspur.

Vor drei Monaten hatte ich kurz nach meinem Umzug von München nach Limone meine eigene Firma gegründet. Ich hatte überall Werbe-Flyer ausgelegt und eine große Anzeige in die deutschsprachige Gardaseezeitung gesetzt. Bereits zwei Wochen später engagierte mich ein Musikkritiker der Süddeutschen Zeitung zur regelmäßigen Reinigung seiner noblen Zweitwohnung in Limone. Wenige Tage darauf nahm mich eine Ärztin aus Starnberg für ihr Luxusapartment in ihre Dienste, und noch am selben Tag stellte mich ein Münchner Professoren-Ehepaar an, das eine wunderschöne Wohnung in Malcesine besaß. Leider blieb es erst einmal bei den drei Privatkunden, sodass ich bis jetzt nicht ohne meinen Job bei der Ferienwohnungsvermietung ausgekommen war. Das würde sich alles noch ändern!

Ich säuberte die verschmierte Küchenzeile, öffnete die Terrassentür und wischte anschließend den Boden. Das warme Putzwasser sorgte für ein subtropisches Klima in der Wohnung, die Tageshöchsttemperatur an diesem Junitag würde die Dreißig-Grad-Marke mit Sicherheit noch überschreiten.

Nach getaner Arbeit ließ ich mich zur Erholung ein paar Minuten auf dem Liegestuhl der kleinen Terrasse nieder und schloss die Augen in der Sonne. Was wohl Adriano gerade tat? Wahrscheinlich schlang er in der Küche seines Ristorante schnell einen Teller Pasta in sich hinein und kümmerte sich anschließend sofort wieder um seine Gäste. Das Ristorante »Da Adriano« an der Uferpromenade von Limone war von April bis Oktober fast durchgehend rappelvoll. Mittags kamen die Leute zum Essen und am Nachmittag auf ein Eis oder auf einen Cappuccino. Später traf man sich dort zum Aperitivo, natürlich gefolgt vom Abendessen. Zu fortgeschrittener Stunde konnte man seinen Schlummertrunk bei Adriano einnehmen, die vorbeiflanierenden Leute beobachten oder den romantischen Blick auf die sich spiegelnden Lichter im See genießen. Mein armer Adriano war immer am Arbeiten.

Von der Sonne geblendet schaute ich auf meine Armbanduhr. Ausgeträumt, Rosi, dein neuer Kunde erwartete dich in einer Viertelstunde. Ich holte eine Bürste aus meiner Handtasche, frisierte meine vom Schweiß feuchten Haare und band sie vor dem großen Schrankspiegel zu einem strengen Zopf zusammen. Skeptisch blickte ich nach unten. Entweder ich hatte den Putzkittel zu heiß gewaschen oder meine achtzig Kilo hatten sich heute irgendwie ungünstig verteilt, jedenfalls spannte der Kittel etwas um die Hüften. Was soll's, Adriano würde mir auf dem Weg in die Via Tamas sicher nicht begegnen, er musste ja arbeiten.

Ich räumte die Putzsachen auf, brachte die Schlüssel zur Hausverwaltung und schwang mich auf meine hellblaue Vespa, dann knatterte ich den Berg hoch zur Via Tamas 22. Die Sonne knallte erbarmungslos auf den Teer, sodass die Luft leicht flimmerte. Ich musste mich zur Konzentration auf die Straße zwingen, um mich nicht in dem immer atemberaubenden Blick auf den tiefblauen Gardasee zu verlieren. Die Schönheit dieser mediterranen Landschaft zu Füße des Monte Baldo zog mich auch noch nach drei Monaten unvermindert in ihren Bann.

Das weiß getünchte, zweistöckige Haus mit der Nummer 22 lag fast am Ende der Via Tamas und schien neueren Baujahres zu sein. Ich stellte die Vespa neben der Haustür ab und drückte auf den Klingelknopf neben dem obersten rechten Namensschild.

»Frau Holzwurm?«, erklang eine Stimme aus der Gegensprechanlage.

»Jawohl«, antwortete ich, und sofort ertönte der Summer. Ich drückte die Haustür auf und fuhr mit einem kleinen Lift in den zweiten Stock.

Herr Simon stand vor seiner Wohnung und erwartete mich.

»Pünktlich auf die Minute«, bemerkte er zufrieden und gab mir die Hand. Ich schätzte ihn auf Mitte dreißig, also etwa in meinem Alter. Der gepflegte Mann mit dem kurzen dunkelblonden Haar trug bei dieser Affenhitze tatsächlich einen hellgrauen Anzug, die oberen Knöpfe seines Hemdes waren jedoch geöffnet.

»Die Handwerker haben am Vormittag die Schrankwand im Schlafzimmer eingebaut und eine Menge Dreck hinterlassen«, kam Herr Simon gleich zur Sache und führte mich durch einen kleinen hellen Flur ins Schlafzimmer. »Ich bin Weinhändler und komme am Donnerstag nach Limone zurück. Können Sie dafür sorgen, dass die Wohnung bis dahin wieder in einem bewohnbaren Zustand ist?«

»Kein Problem, Herr Simon«, antwortete ich souverän, während ich überrascht zur Kenntnis nahm, dass Herr Simon ein breites Wasserbett in seinem Schlafzimmer hatte. Er führte mich weiter in das geräumige Wohnzimmer, das ziemlich mondän möbliert war. Eine runde, champagnerfarbene Ledercouch wand sich um einen Tisch aus Milchglas, daneben stand eine große Designerstehlampe aus glänzendem Chrom.

»Es fehlen noch Bücher und einige andere Kleinigkeiten«, erklärte er, als er meinen Blick auf die leeren Regale bemerkte. »Kommen Sie mit, Frau Holzwurm, ich zeige Ihnen, weswegen ich diese Wohnung gekauft habe«, sagte er mit fast kindlicher Freude im Gesicht, dann öffnete er die zwei großen Fenstertüren am Ende des Wohnzimmers und trat mit mir auf den Balkon.

»Ist das nicht überwältigend?« Stolz präsentierte er die grandiose Aussicht über die Dächer von Limone auf den See. »Als Kind bin ich jedes Jahr mit meinen Eltern am Gardasee gewesen, etwas südlicher, in Salò«, fuhr er fort. »Es kommt mir fast so vor, als wäre ich hier schon lange zu Hause. Die Luft ist ganz anders als in München, weich und voller Blumenduft, man fühlt sich leicht und beschwingt. Nach dreieinhalb Autostunden ist man in einer anderen Welt.«

Das habe ich auch immer so empfunden, dachte ich bei mir. Herr Simon führte mich weiter in die große Küche mit nigelnagelneuer weißer Einbauküche. Nicht schlecht, war mein erster Eindruck, aber an die Küche von meinem Musikkritiker in Limone kam sie nicht heran.

»Dann hätten wir noch das Badezimmer, wenn Sie mir bitte folgen wollen.«

Herr Simon öffnete eine weitere Tür, die vom kleinen Flur ausging. Großer Gott, das war ja gigantisch! Mitten im Raum stand eine überdimensional große Whirlpoolwanne, zu deren Einstieg eine helle Marmortreppe führte. Das gesamte Bad war im selben hellen Marmor gehalten, die durch das runde Fenster hereinscheinende Sonne ließ die goldenen Armaturen funkeln.

»Sehr schön«, sagte ich mit unterdrückter Begeisterung.

»Im Keller steht eine Waschmaschine für alle Hausbewohner, ich erwarte, dass Sie sich auch um die Handtücher und um die Bettwäsche kümmern, Frau Holzwurm. Am besten gehen wir gleich einmal hinunter«, schlug Herr Simon vor.

»Wie sind Sie eigentlich auf meine Putzagentur gekommen, wenn ich fragen darf?«, erkundigte ich mich auf dem Weg ins Untergeschoss.

»Der Wirt von ›Da Adriano‹ hat Sie empfohlen«, entgegnete Herr Simon.

Adriano! Er hatte tatsächlich an mich gedacht.

»Der Schlüssel für die Haustür passt auch im Keller«, erklärte mir mein neuer Kunde weiter, während er eine schwere weiße Tür aufsperrte. »Hier stehen Waschmaschine und Trockner, und da vorne ist mein Kellerabteil, in dem Sie Ihre Putzsachen deponieren können. Ich hoffe, Sie haben Verständnis dafür, dass ich diese Dinge nicht in der Wohnung haben will.«

»Natürlich, Herr Simon«, antwortete ich eifrig.

»Der Schlüssel im Vorhängeschloss steckt, es ist ja auch noch nichts drin. Ich dachte, dass es Ihnen vielleicht lieber wäre, wenn Sie Ihre Putzutensilien selbst besorgen«, fuhr er fort.

»Sehr vernünftig.« Ich nickte.

»Dann gehen wir wieder nach oben und regeln das Geschäftliche. Ich möchte, dass Sie mir einmal pro Woche jemanden schicken, aber bitte nur zwischen Montagmorgen und Mittwochnachmittag«, instruierte er mich.

Im Lift überreichte ich ihm eine Visitenkarte meiner Putzagentur. »Gehobene Objekte wie das Ihre übernehme ich selbst, Herr Simon. Wenn ich Ihnen Lebensmittel einkaufen soll, brauchen Sie mich nur anzurufen.«

»Das nenne ich Service, Frau Holzwurm«, erwiderte er angetan.

Herr Simon machte zwar einen etwas gestressten Eindruck, trotzdem war er sehr höflich und eigentlich nicht unsympathisch. Wieder zurück in seiner Wohnung unterschrieb er meinen Geschäftsvertrag, den ich stets gewappnet seit Wochen in meiner Handtasche spazieren getragen hatte, und übergab mir einen Haus- und einen Wohnungsschlüssel. Alles lief perfekt, endlich ging es aufwärts mit meinem Unternehmen.

2

Ich nahm die Abkürzung über die steile Via Tovo, vorbei an der grasgrünen modernen Mehrsporthalle, und hielt schließlich an der Hauptstraße für einen kurzen Imbiss in der Bar Limone. Nach zwei herrlich weichen Tramezzini mit Thunfisch, einem leckeren Panino mit Schinken, Tomate und Mozzarella, einer erfrischenden Granita di Limone und einem abschließenden Espresso war mein kleiner Anflug von Hunger gestillt, dann besorgte ich im Supermarkt Conad schräg gegenüber die Putzgrundausstattung für die Wohnung von Otto Simon. Damit der dünne Geschäftsmann gleich etwas zum Beißen hatte, wenn er ausgehungert von der anstrengenden Autofahrt in seiner Wohnung ankommen würde, nahm ich im Obstgeschäft daneben noch ein Pfund Äpfel für ihn mit. Den mit einer Tüte Äpfel, Putzmittel, Lappen und Teleskop-Wischmob gefüllten Kübel auf dem Gepäckträger zockelte ich vorsichtig auf meiner schwer kämpfenden Vespa die Via Tovo wieder nach oben und bog rechts in die Via Tamas ein. Ich stellte die Vespa ab und läutete zur Sicherheit bei »Simon«.

Niemand reagierte, Herr Simon war wohl bereits auf dem Weg nach München. Ich sperrte die Haustür auf und fuhr im Lift nach oben. Bevor ich die Wohnungstür öffnete, klingelte ich abermals, aber es rührte sich nichts. Im ganzen Haus war es totenstill, vielleicht waren die anderen Wohnungen ebenfalls nur Wochenenddomizile, die heute am Montag alle verlassen waren. Ich trat ein, stellte den Putzkübel ab und marschierte sofort ins Schlafzimmer, wo ich mich mit einem Riesensatz rücklings aufs edle Wasserbett warf. Die Wellen kämpften heftig mit meinem Gewicht. Ich war noch nie auf einem Wasserbett gelegen, aber genauso hatte ich es mir vorgestellt. Nachdem sich die Wogen wieder beruhigt hatten, experimentierte ich noch ein Weilchen mit verschiedenen Lagen und Bewegungen, bevor ich aufstand und ins Wohnzimmer ging.

Herr Simon hatte meine Visitenkarte auf dem Tisch liegen lassen, den Vertrag hatte er offenbar mitgenommen. Natürlich wollte ich mir gleich einen Überblick über den Musikgeschmack meines neuen Kunden verschaffen und etwas Hübsches in den CD-Player einlegen, aber die Schublade unter der Stereoanlage war leider noch leer. Auf Radio hatte ich irgendwie keine Lust, also würde ich heute ohne Musik arbeiten. Ich begann mit der Küche, in der es vorn und hinten an allem fehlte. Du liebe Güte, außer Salz und Pfeffer hatte der Mann nicht ein einziges Gewürz im Schrank. Im Kühlschrank befanden sich nur eine Flasche Cola Light, ein Wasser und eine angebrochene Flasche Rotwein. Die Vorratsschublade enthielt zwei Packungen Pasta, zwei Büchsen geschälte Tomaten, das war's. Überhaupt machte die Küche den Eindruck, als sei hier noch nie gekocht worden. Wer weiß, vielleicht wollte Herr Simon ja am Wochenende eine Frau mitbringen, die die Küche auf Vordermann brachte. Einen Ehering trug er allerdings nicht, das hatte ich natürlich sofort bemerkt. Ich legte die Äpfel in einen tiefen Teller und stellte ihn auf den Wohnzimmertisch, dann machte ich mich an die Arbeit. Nachdem die Küche sauber glänzte, inspizierte ich die Schubladen im Wohnzimmer. Alles leer und offensichtlich nach dem Einbau nicht einmal ausgewischt. Schublade für Schublade arbeitete ich mich mit dem Putzlappen vor, bis ich doch noch etwas fand: ein kleines Sterbebildchen. Auf dem Foto war ein alter Mann abgebildet, darunter stand der Name Paolo Bertolotti, die Beerdigung hatte vor zwei Wochen in Salò stattgefunden. Hatte Herr Simon nicht erwähnt, dass er als Kind die Ferien mit seinen Eltern immer in Salò verbracht hatte? Vielleicht handelte es sich bei Paolo Bertolotti um einen Bekannten aus dieser Zeit. Ich legte das Bildchen zurück in die gesäuberte Schublade, putzte die restliche Wohnung einschließlich Luxusbad und machte mich zum Abschluss noch über die Küchen- und Wohnzimmerfenster her. Geschafft, alles blitzte.

So, Rosi, dann gehen wir zum gemütlichen Teil über. Mit großer Vorfreude drehte ich den Wasserhahn der Whirlpoolwanne auf und entledigte mich meiner Kleidung. Bereits beim Putzen hatte ich wohlwollend zur Kenntnis genommen, dass wenigstens die Schränke im Bad gefüllt waren. Weiße Handtücher lagen sauber gestapelt aufeinander, es gab mehrere verpackte Zahnbürsten, Shampoon, Rasierzeug, mehrere edle Seifen und Schaumbäder, sowohl für Damen als auch für Herren. Nachdem ich mich für einen Badezusatz mit Lavendel entschieden hatte, goss ich etwas davon in die Wanne und stieg hinein. Als die Wanne mit Wasser gefüllt war, drückte ich auf den Knopf für den Whirlpool. Ich lag umhüllt von angenehmem Lavendelduft im sprudelnden, schäumenden Wasser und genoss das Leben in meiner neuen Welt.

Mit Genugtuung dachte ich an meinen ätzend langweiligen Job als Rechtsanwaltfachangestellte in München zurück. Nachdem ich zweimal durchs Juraexamen gefallen war, hatte mich eine ehemalige Kommilitonin aus Mitleid in ihrer Kanzlei aufgenommen. Sie hatte mich gut behandelt, aber ein Tag lief ab wie der andere, mein Arbeitsleben war genauso einschläfernd gewesen wie mein Liebesleben. Das öde Schreiben von diktierten Briefen oder das stupide Einordnen von Akten machten mich träger und träger.

Bis ich Adriano kennenlernte.

Nanu, der Whirlpool hatte sich von allein abgestellt. Ich drehte mich zum Zeitzähler um, der nur auf fünf Minuten eingestellt war. Gerade, als ich den Einschaltknopf wieder betätigen wollte, sperrte jemand die Wohnungstür auf. Ich erstarrte vor Schreck. Obwohl ich die Badtür zugemacht hatte, konnte ich deutlich hören, wie die Tür wieder ins Schloss fiel. Verdammt, wenn mich Herr Simon hier in seiner Wanne vorfinden würde, wäre es aus und vorbei mit meinem neuen Job. Das hatte ja mal passieren müssen. Als ich es vor zweieinhalb Monaten zum ersten Mal gewagt hatte, in der Luxusküche meines Zeitungsschreiberlings zu kochen, war mir vor Aufregung so schlecht geworden, dass ich hinterher keinen Bissen des leckeren Essens hinuntergebracht hatte. Ich beruhigte mein schlechtes Gewissen damit, dass ich ja niemanden geschädigt und schließlich alles picobello zurückgelassen hatte. Also tat ich es wieder. Mittlerweile war es für mich völlig normal, dass ich gewisse Annehmlichkeiten in den Wohnungen meiner Kunden mitbenutzte, dafür revanchierte ich mich mit kleinen Geschenken wie frischem Obst oder Schokolade, was meine Kunden ganz reizend fanden. Natürlich hatte ich den Gedanken völlig verdrängt, dass meine Kunden mit meiner speziellen Art Arrangement nicht einverstanden sein könnten.

Nun würde ich gleich erfahren, was Herr Simon dazu sagen würde. Wie versteinert saß ich im Wasser und wagte nicht, mich zu bewegen. Dumpfe Schritte gingen Richtung Wohnzimmer, dann hörte ich, wie Schubladen und Schranktüren geöffnet und geschlossen wurden. Hatte Herr Simon vielleicht etwas vergessen, das er nun suchte? Die Geräusche wurden leiser, wahrscheinlich war er jetzt in der Küche. Ich schickte ein Stoßgebet zum Himmel, dass er endlich finden möge, was er suchte. Die Schritte kamen zurück, und die Türklinke der Badezimmertür ging nach unten. In Panik erwartete ich einen der peinlichsten Momente meines Lebens, doch in der Tür stand nicht Herr Simon, sondern ein untersetzter dunkelhaariger Mann, der mindestens ebenso erschrocken auf mich blickte wie ich auf ihn.

»Was machen Sie denn hier?«, fragte ich empört.

»Scusi, Signora, ich nicht wissen, dass Sie nehmen ein Bagno. Waren Probleme mit die Strom, habe ich kontrolliert.«

»Wer sind Sie?« Ich wunderte mich, dass der Mann offensichtlich über einen Wohnungsschlüssel verfügte.

»Aldo Farelli, Hausmeister. Ist alles in Ordnung, Signora, scusi«, entschuldigte er sich abermals und verschwand wie der Blitz.

Erleichtert atmete ich auf, das war noch mal gut gegangen. In Zukunft würde ich den Schlüssel immer von innen stecken lassen.

Während ich mich im blubbernden Wasser entspannte, dachte ich über den merkwürdigen Besuch nach. Seit wann kontrollierte man Strom in Schubladen? Dieser Farelli hatte irgendetwas gesucht, da war ich mir sicher. Wie auch immer, die Schubladen und Schränke im Wohnzimmer waren leer, und die Küche war lediglich mit Dingen ausgestattet, die dort hingehörten. Ich wusch mir die Haare, stieg aus der Wanne und hüllte mich in ein großes weiches Handtuch. Dann kontrollierte ich in der Küche, ob Herr Farelli nicht doch silberne Löffel geklaut hatte. Nein, es war alles an seinem Platz. Auf dem Weg zurück ins Bad öffnete ich noch die Schublade mit dem Sterbebildchen. Es war verschwunden! Merkwürdig, weshalb hatte Herr Farelli dieses Bildchen mitgehen lassen? Und war es wirklich das, wonach er gesucht hatte? Eher nicht, sonst hätte er wohl nicht im Badezimmer weitersuchen wollen. Ich zog mich an, föhnte meine Haare, säuberte die Wanne und fuhr im Lift mitsamt dem benutzten Handtuch und Putz-Utensilien zum Keller. Dort räumte ich alles in Herrn Simons Kellerabteil und hängte das feuchte Handtuch über den Stiel des Wischmobs. Den Schlüssel des Vorhängeschlosses ließ ich stecken, da mir Herr Simon nicht gesagt hatte, was ich damit machen sollte. Nachdem ich das Haus verlassen hatte, warf ich einen Blick auf die Namensschilder neben der Haustür. Tatsächlich, ein Aldo Farelli wohnte im Erdgeschoss auf der linken Seite.

3

Ich sperrte die Haustür zu meiner Wohnung in der Via Castello auf und trat in das schmale, dunkle Treppenhaus. Ein köstlicher Duft von vor sich hin köchelnden Tomaten, Knoblauch und brutzelndem Fleisch stieg mir in die Nase. Meine Vermieterin, Signora Bruna, war eine ausgezeichnete Köchin, die mir bisher jedoch nichts, aber auch gar nichts von ihren vorzüglichen Rezepten verraten hatte. Familiengeheimnis, hieß es jedes Mal, wenn ich sie danach fragte.

Kaum trat ich auf die erste knarzende Stufe der Treppe zu meiner Wohnung, kam sie auch schon aus der Küche heraus.

»*Buona sera*, Rosi, haben Sie Hunger?«

»Immer, Signora«, antwortete ich ehrlich.

»Ich habe schon wieder zu viel gekocht«, brachte sie fast als Entschuldigung hervor. »In einer halben Stunde ist alles fertig.«

»Ich freue mich«, sagte ich zu der alten Dame, bevor ich nach oben in meine Wohnung ging.

Signora Bruna war Witwe und aß nicht gern allein. Seit ihre Tochter Alessandra vor einem Jahr einen Hotelier aus dem wenige Kilometer entfernten Dorf Pieve di Tremosine geheiratet hatte, fühlte sie sich wohl etwas einsam, deswegen lud sie mich mindestens dreimal die Woche zum Essen ein, was ich natürlich mit dem größten Vergnügen annahm. Sie sprach hervorragend Deutsch, weil sie vierzig Jahre lang zusammen mit ihrem Mann einen Zeitungskiosk an der Uferpromenade betrieben hatte. Der Tourismus hatte auch sprachlich seine Spuren in dem ehemaligen Fischerdorf hinterlassen. Jedenfalls war ich über die Deutschkenntnisse von Signora Bruna sehr froh, weil ich nach wie vor Hemmungen hatte, Italienisch zu sprechen. Ich verstand zwar jedes Wort, aber mit der italienischen Grammatik stand ich auf Kriegsfuß. Da jedoch fast alle

Limoneser mehr oder weniger der deutschen Sprache mächtig waren, kam ich auch so durch.

Ich warf meine Arbeitskleidung in die Ecke und schlüpfte in ein tief dekolletiertes, geblümtes Sommerkleid. Signora Bruna zog sich zum Essen ebenfalls immer um, außerdem legte sie am Abend stets große silberne oder goldene Ohrringe an. Mit ihren streng nach hinten gebundenen, sicher gefärbten schwarzen Haaren und dem glänzenden Schmuck wirkte sie sehr elegant. Die kleine Wohnung, die sie an mich vermietet hatte, war vorher Alessandras Reich gewesen. Ich hatte ein großes Zimmer mit einer winzigen Küchenzeile, ein kleines Bad und zwei Fenster mit Seeblick. Im Vergleich zu meiner geräumigen Wohnung in München natürlich ein Witz, aber trotzdem ausreichend und für eine Putzfrau bezahlbar. In München bewohnte ich den ersten Stock des Hauses meiner Eltern, die im Erdgeschoss lebten. Meine Schwester mitsamt Mann und den beiden Kindern wohnte im zweiten Stock und demonstrierte mir tagtäglich ihr skandalfreies, vorbildliches und bis ins kleinste Detail geregeltes Familienleben. Wie gern hätten es meine Eltern gesehen, wenn ich meinen langjährigen Verlobten Leopold geheiratet und auch ein Leben wie meine Schwester geführt hätte. Leopold war zweifellos ein anständiger Mann, er war Patentanwalt, absolut verlässlich, wohlbeleibt und gemütlich. Kein Hallodri, wie meine Mutter immer sagte. Aber ich bin eben etwas anspruchsvoller als meine Mutter und meine Schwester.

Frisch frisiert ging ich nach unten zu Signora Bruna in die Küche und lud Teller, Gläser und Besteck auf ein Tablett, damit marschierte ich wieder nach oben und deckte den Tisch auf der gemütlichen, wunderschönen Dachterrasse des Hauses. Signora Bruna hatte die rechteckige Terrasse mit Terracottakübeln eingesäumt, in denen sie entweder Kräuter oder betörend duftende Oleanderbüsche gepflanzt hatte. Von Anfang an hatte ich mich hier wohlgefühlt. Ich fand es herrlich, wenn sich das Leben zu einem großen Teil draußen abspielte, wo sich von überallher die Stimmen der Leute mit denen der zwitschernden Vögel vermischten. Nachdem ich eine Flasche Lugana aus meiner Wohnung geholt hatte, setzte ich mich an den Tisch. Signora Bruna hatte gerade die gerösteten Weißbrotscheiben mit selbst gemachter Oliven- und Sardellenpaste aufgetragen. Ich öffnete den Weißwein und goss uns davon ein. Wir prosteten uns zu und aßen die leckere Vorspeise, nebenbei erzählte ich Signora Bruna von meinem Arbeitstag.

»Ich kenne das Haus in der Via Tamas, es ist etwa zwei Jahre alt. Der Bauherr aus Verona wollte alle Wohnungen zu einem horrenden Preis verkaufen, aber einige hat er einfach nicht losgebracht. Anfang des Jahres ist er dann, glaube ich, mit dem Preis runtergegangen«, meinte Signora Bruna. »Und wie ist der neue Kunde? Sieht er gut aus?«

»Aber Signora, Sie wissen doch, dass mir das egal ist«, sagte ich sofort.

»Adriano ist kein Mann für Sie, Rosi.«

»Das sagen Sie mir jeden Tag, Signora«, stöhnte ich.

»Eines Tages werden Sie es glauben«, beharrte sie.

So, damit hätten wir dieses Thema für heute also auch abgehakt. »Kennen Sie einen Aldo Farelli, Signora?«, fragte ich.

Meine Vermieterin erstarrte, als sie diesen Namen hörte. »Was haben Sie mit ihm zu tun?«, fragte sie.

»Er ist der Hausmeister bei meinem neuen Kunden. Während ich das Bad geputzt habe, ist er einfach in die Wohnung gekommen. Angeblich wollte er den Strom kontrollieren.«

»Halten Sie sich fern von diesem Mann, Rosi«, warnte sie mich in ungewohnt strengem Ton.

»Was ist mit ihm?«, wollte ich wissen.

»Man redet nicht gut von ihm. Er ist stinkfaul und haut die Leute übers Ohr, wo er kann. Außerdem hat er einen Neffen, der wegen Mordes einige Jahre im Gefängnis gesessen ist. Der hat bei einem Banküberfall einen Mann erschossen. Ich habe gehört, dass der Neffe vor Kurzem entlassen wurde, und er jetzt bei seinem Onkel wohnt.«

»Bei Aldo Farelli?«

Die Signora nickte.

»Das sind ja schöne Nachrichten. Meinen Sie nicht auch, dass ich das meinem neuen Kunden mitteilen sollte?«, fragte ich sie.

»Ich würde meinen Wohnungsschlüssel nicht bei einem Mörder herumliegen lassen«, stimmte sie mir zu. »Am besten rufen Sie ihn gleich an, während ich die Pasta koche.« Signora Bruna stapelte die Vorspeisen-Teller aufeinander und verließ die Terrasse.

Ich ging rüber in meine Wohnung, holte das Handy und den Geschäftsvertrag, den Herr Simon heute ausgefüllt hatte, und wählte die Nummer seines Mobiltelefons.

Nach einmaligem Läuten hob er ab.

»Herr Simon, hier ist Rosi Holzwurm«, meldete ich mich.

»Gibt es irgendwelche Probleme, Frau Holzwurm?« Er klang ziemlich beschäftigt.

»Nicht direkt, aber ich wollte Ihnen etwas sagen. Durch Zufall habe ich gerade erfahren, dass Ihr Hausmeister Aldo Farelli zurzeit seinen Neffen beherbergt, bei dem Neffen handelt es sich um einen verurteilten Bankräuber und Mörder. Nicht dass ich etwa Vorurteile schüren möchte, aber unter den Umständen würde ich meinen Wohnungsschlüssel Herrn Farelli nicht überlassen.«

Herr Simon schwieg eine Weile, offenbar musste er das soeben Gehörte erst sacken lassen. »Woher wissen Sie, dass Herr Farelli meinen Wohnungsschlüssel hat?«, erkundigte er sich dann.

»Als ich heute Ihr Bad geputzt habe, stand er plötzlich in der Wohnung. Er sagte, dass mit dem Strom etwas nicht stimmt.«

»Merkwürdig, heute Vormittag war noch alles in Ordnung. Es ist gut, dass Sie schon sauber gemacht haben, Frau Holzwurm, ich bin nämlich immer noch am Gardasee und komme gerade von einem Besuch in Salò. Ich werde heute Nacht doch in Limone bleiben und dafür morgen sehr früh aufbrechen, weil ich mittags einen Termin in München habe.«

»Es ist alles gereinigt. Ich habe den Schlüssel des Vorhängeschlosses im Keller stecken lassen, weil ich nicht wusste, was ich damit machen sollte.«

»Ich überlege mir, wo wir ihn in der Wohnung deponieren können«, sagte er.

»Dann also einen schönen Abend, Herr Simon«, verabschiedete ich mich.

»Danke, Frau Holzwurm, dass Sie mich über die Farellis informiert haben.« Damit legte Herr Simon auf.

Ich ging wieder nach unten in die Küche, um Signora Bruna zu helfen.

»Es war richtig, dass ich angerufen habe«, sagte ich, als sie mir eine Schüssel mit kleinen Muscheln in dampfender Tomatensoße in die Hand drückte. Das Wasser lief mir im Mund zusammen, als ich die Schüssel nach oben brachte. Signora Bruna folgte mir mit der hausgemachten Pasta. Wir ließen es uns schmecken, und Signora Bruna plauderte wie so oft über diverse Neuigkeiten aus der Familie ihres Schwiegersohnes. Ihre Tochter Alessandra rief mindestens zweimal täglich an, um ihrer Mutter zu berichten, was sich in Pieve di Tremosine an Wichtigem und Unwichtigem zugetragen hatte.

Als nächsten Gang tischte Signora Bruna ein Kaninchen in Rosmarinsoße auf, das in jedem Sternerestaurant hätte serviert werden können. Die Geschichten von Alessandras neuer Verwandtschaft wurden immer länger. Je mehr Wein die Signora intus hatte, desto weiter holte sie aus. Mittlerweile waren mir die Namen und Eigenheiten des halben Dorfes vertraut, obwohl ich außer Alessandra niemanden aus dem Ort mit den über steile Felsen hängenden »Schauder-Terrassen« kannte. Nachdem ich mir zweimal Nachschlag von der vorzüglichen Zabaione genommen hatte, räumte ich ab und half Signora Bruna in der Küche.

In meiner Wohnung legte ich Make-up auf und zwang meine zu breiten Füße in zu schmale, aber sehr elegante italienische Stöckelschuhe. Für die paar Meter, die ich jeden Abend zurücklegte, waren die Schuhe gerade noch auszuhalten. Nach zwei Spritzern Parfum machte ich mich auf den Weg zum alten Hafen.

4

Es war mittlerweile halb zehn, und es wurde langsam dunkel. Das holprige Kopfsteinpflaster, das sich wie in vielen alten Gassen Limones durch die Mitte der Via Castello zog, zwang mich, auf den Boden zu schauen, insbesondere, weil es bergab ging. Wie immer zwängte ich mich durch den schmalen Treppendurchgang, der die Via Castello mit der Via Antonio Moro verband. Langsam wurde der Spalt zwischen den Steinmauern zu eng. Irgendwann würde ich hier stecken bleiben, wenn ich nicht bald auf die Essbremse trat. Kaum hatte ich das gedacht, fiel mein Blick auf die großen Schinken, die in der Metzgerei neben dem Treppendurchgang von der Decke hingen. Das Wasser lief mir schon wieder im Mund zusammen. Ich ging vorbei an der Boutique »Osé«, in der es zum Glück nichts zu essen gab, und erreichte schließlich die Via Porto. Viele Leute flanierten entspannt vor den immer noch geöffneten Läden, genossen ein Eis und lachten in offenbar bester Urlaubslaune.

Endlich war ich am alten Hafen, der mir mit seinen flachen Pflastersteinen wieder einen anmutigen Gang auf meinen Stöckelschuhen erlaubte. Die romantische Stimmung an diesem Ort verzauberte mich stets aufs Neue. Die Laternen tauchten die Via Porto, die sich um den winzigen u-förmigen Hafen wand, in ein weiches Licht, während die bunten Holzboote lustig auf den kleinen Wellen schaukelten, die von den größeren Schiffen auf dem See in Richtung Ufer geschickt wurden.

Ich stellte mich an die Uferkante und blickte auf das kleine rote Fischerboot, das vor meinen Füßen im Wasser tanzte. Die weiße Aufschrift »Adriano« an den Seiten des Bootes schwankte leicht im Auf und Ab der Wellen. Unser Liebesnest. In diesem Boot hatte mich Adriano in einer Septembernacht während meines Urlaubs im letzten Jahr nach allen Regeln der

Kunst verführt. Mitten auf dem Gardasee, mit einer Flasche Champagner, zwei Gläsern und einer Decke an Bord. Über uns der Sternenhimmel, am Ufer die Lichter der kleinen Ortschaften. »Rosi, du bist ein Prachtweib«, hatte er in mein Ohr gehaucht, »an dir ist wenigstens was dran.«

Diese Nacht hatte mein Leben verändert. Genau so eine Nacht wollte ich immer wieder erleben. Noch nie zuvor hatte ich einen Mann wie Adriano geliebt, der die Mischung aus Romantik und Erotik derart vollkommen repräsentierte. Für meinen Exverlobten Leopold hatte der Gipfel der Romantik darin bestanden, mit mir im Biergarten am Chinesischen Turm zu sitzen mit einer frisch gezapften Maß nebst einer knusprigen Schweinshax'n vor sich. Das Wort »Erotik« konnte er bestenfalls buchstabieren.

Euphorisiert von meinen Gedanken an Adriano schlenderte ich durch den Durchgang unter dem Hotel »Monte Baldo« zur linken Seite des kleinen Hafens hinüber, vorbei an dem blauen Holzboot mit der Aufschrift »Fabio« und direkt weiter zur Bar »Al Porto«. Ich ergatterte einen meiner Lieblingstische direkt am Wasser, mit Blick sowohl auf den See als auch auf den Hafen, und wartete. Wenige Minuten später kam Fabio mit meinem Spritz an den Tisch.

»Na, Rosi, *tutto bene*?«, fragte der zwanzigjährige Juniorchef der Bar mit einem herzlichen Lächeln.

»*Tutto a posto*«, entgegnete ich in souveränstem Italienisch. Drei Worte am Stück schaffte ich gerade noch.

Fabio nahm so schwungvoll auf einem Stuhl neben mir Platz, dass seine schwarzen Locken hüpften.

Bei den warmen Temperaturen lechzte ich nach Erfrischung und trank einen großen Schluck von meinem täglichen Feierabend-Getränk. Das kultige Prosecco-, Aperol- und Soda-Gemisch mit Orangenscheibe und Eiswürfel gehörte für mich untrennbar zum Dolce-Vita-Gefühl, dem ich jeden Abend in der Bar »Al Porto« frönte. Seit ich in Limone wohnte, betrachtete ich den kleinen Hafen mit seinen bunten Häusern ringsum als mein Wohnzimmer, und das quirlige Leben, das ich von der Bar »Al Porto« aus beobachten konnte, ersetzte mir den Fernseher.

»Gibt's was Neues?«, fragte Fabio.

Ich erzählte ihm von meinem neuen Kunden und von Hausmeister Farelli.

»Du lieber Himmel, in welche Kreise bist du da geraten«, rief er aus. »Der Neffe von Aldo Farelli ist ein kaltblütiger Mörder, und Aldo selbst ist ein ganz fauler Hund. Er ist in mehreren Hotels in der Umgebung rausgeflogen, weil er den Finger nicht krumm gemacht hat. Arbeit ist für Aldo Farelli ein Fremdwort.«

Fabio wurde an einen Tisch gerufen und ließ mich wieder allein. Lieber faul als gefährlich, dachte ich bei mir, war aber trotzdem erleichtert.

Die Uhr ging auf elf zu. Ich holte einen Taschenspiegel und einen Lippenstift aus der Handtasche und zog meine Lippen nach.

»Rosi, Adriano ist kein Mann für dich.« Fabio setzte sich, während ich den Spritz bezahlte.

»Kannst du dich nicht mit Signora Bruna absprechen, damit ich diesen Satz nur einmal am Tag hören muss?«, fragte ich, dann kniff ich ihm zum Abschied freundschaftlich in die Wange.

Vom Alkohol beschwingt stöckelte ich wie jeden Abend hinüber zum Lungolago, um Adriano meine Aufwartung zu machen.

Selbstbewusst zwängte ich mich durch die Tische und Stühle des »Da Adriano«, steuerte schnurstracks auf die Bar im Inneren des Ristorante zu und nahm meinen Barhocker ein. Der Barkeeper Giorgio bereitete mir meinen üblichen Spritz. Carlotta, Adrianos Frau, würdigte mich wie immer keines Blickes.

»Wo ist er?«, fragte ich Giorgio, als ich Adriano nirgendwo entdecken konnte.

»Er ist kurz weggegangen«, meinte Giorgio.

»Wie? Wohin denn?«

»Ich weiß es nicht«, antwortete Giorgio und warf einen Schwamm ins Spülwasser. Nun musste er die Arbeit seines Chefs mit erledigen.

Dann würde ich eben warten, beschloss ich selbstverständlich.

Carlotta trug ein neues Kleid, stellte ich sofort fest. Die Frau musste vor Jahren wirklich eine Schönheit gewesen sein. Ihr Gesicht sah aus, als wäre sie eine Schwester von Sophia Loren, vom Kinn abwärts allerdings schien sie eher mit Hella von Sinnen verwandt. Im Gegensatz zu mir hatte sie eine Ballon-Figur, weder Busen noch Hintern, nur Bauch.

Die Gäste wurden weniger, mein Spritz immer leerer, aber Adriano kam nicht. Als sich abzeichnete, dass ich bald mit Carlotta, Giorgio und den beiden anderen Kellnern allein dasitzen würde, bezahlte ich und ging. Das war nun schon das siebte Mal, seit ich in Limone wohnte, dass er mich so versetzte. Es wäre ihm nicht gut gegangen, hatte Adriano immer am darauffolgenden Tag gesagt. Na ja, ein Wunder war es nicht, bei dem Stress mit dem Restaurant.

Langsam schlenderte ich nach Hause, vorbei an der mittlerweile menschenleeren Piazza Garibaldi mit den vielen Balkonblumen an den Häuserfenstern und dem Brunnen, dessen Beleuchtung alle paar Sekunden die Farbe wechselte. Ob ich nicht doch noch einen Absacker bei Fabio einnehmen sollte? Irgendwie war ich frustriert, dass ich Adriano heute nicht gesehen hatte. Ich ging die paar Schritte weiter zum alten Hafen vor und spazierte an den Fischerbooten vorbei. Adrianos Boot war weg! Wie angewurzelt blieb ich stehen. Er würde doch wohl nicht mit einer anderen ...? Nein, niemals! Bestimmt hatte er das Boot einfach nur jemandem geliehen, da war ich mir sicher. Mit einem Mal wurde ich doch von Müdigkeit übermannt, zog meine Stöckelschuhe aus und ging auf den noch warmen Pflastersteinen barfuß nach Hause.

5

Um Schlag acht Uhr riss mich das Klingeln meines Handys aus dem Schlaf.

»Putzagentur Rosi Holzwurm«, meldete ich mich und versuchte, möglichst frisch zu klingen.

»*Buon giorno, Signora,* Sie putzen die Wohnung von Signor Simon?«, fragte eine raue männliche Stimme. Ich wusste sofort, dass sie Aldo Farelli gehörte.

»Ja«, antwortete ich, während ich mich im Bett aufsetzte.

»Ich Hausmeister bei Signor Simon. Il Signor Simon mir hat gesagt, sollen Sie heute früh jemand schicken zum Putzen in die Küche. Hat er gemacht eine Missgeschick mit die Vino rosso.«

»Warum ruft er denn nicht selber an?«, fragte ich.

»Ist er heute ganz früh nach München gefahren, habe ich ihn gestern Abend zufällig getroffen.«

»In Ordnung, es wird jemand kommen«, sagte ich und legte auf.

Ich war mir sicher, dass Aldo Farelli in mir nicht die Person vermutete, die er gestern in Herrn Simons Whirlpool gesehen hatte. Damit das auch so bleiben würde, hatte ich vor, im Hausflur nur noch mit Motorradhelm herumzulaufen. An meiner üppigen Figur würde er mich jedenfalls nicht wiedererkennen, da ich gestern bis zum Hals in Schaumbad gesteckt hatte. Ich stand auf, zog mich an und fuhr mit leerem Magen die Via Tamas hoch.

Hoffentlich hatte Herr Simon in meinem Vertrag den Absatz »Ausgaben und Sonderwünsche«, gelesen. Mein monatliches Gehalt bezog sich selbstverständlich nur auf die einmalige wöchentliche Reinigung seiner Wohnung. Kurz vor der letzten Kurve kam mir fast frontal ein dunkelblauer Fiat entgegen. Aldo Farelli hatte in einem Affenzahn die Kurve geschnitten. Vor Schreck fiel ich fast von der Vespa und konnte den Lenker gerade noch rechtzeitig herumreißen. Mistkerl! Aber wenigstens wusste ich nun, dass er nicht im Haus war.

Nachdem ich die Haustür der Via Tamas 22 aufgesperrt hatte, ging ich gleich in den Keller, um meine Putzsachen zu holen. Ich öffnete die hölzerne Gittertür von Herrn Simons Kellerabteil und zog das Handtuch vom Stiel des Wischmobs, das ich dort zum Trocknen aufgehängt hatte. Nanu, was war denn das? Herr Simon hatte einen länglichen schwarzen Koffer unter das Handtuch gestellt. Der Länge nach reichte mir der Koffer fast bis zum Nabel. Warum hatte er dieses eigenartige Gepäckstück unter dem Handtuch versteckt? Vielleicht wollte er es nicht den neugierigen Blicken der Nachbarn aussetzen. Also hängte ich das Handtuch wieder über den Koffer und fuhr mit meinen Putzsachen im Lift nach oben. Falls er danach fragen sollte, würde ich Herrn Simon sagen, dass mir das Handtuch gestern beim Putzen auf den nassen Boden gefallen wäre, und wegen eines einzigen Handtuchs konnte ich wohl schlecht die Waschmaschine einschalten.

Als ich die Wohnung betrat, sah ich sofort, dass Herr Simon heute Nacht hier gewesen war. Die Stühle im Wohnzimmer standen nicht mehr so ordentlich um den Esstisch herum, wie ich sie gestern hingestellt hatte, meine Visitenkarte lag nicht mehr auf dem Tisch. Außerdem hatte er zwei Äpfel gegessen. Ich ging zur Küche, um das Malheur zu begutachten, weswegen ich herbestellt worden war. In der Tat, da war dem vornehmen Geschäftsmann wohl die Rotweinflasche entglitten. Zwei große, eingetrocknete rote Pfützen befanden sich auf dem hellen Fliesenboden, außerdem waren die weißen Türen des Geschirrschranks mit Rotweinspritzern übersät. Merkwürdig, dass keine Glassplitter herumlagen. Womöglich hatte Herr Simon die Scherben bereits eingesammelt, damit ich mich nicht verletzte oder gar den schönen Boden verkratzte. Vorsichtig wischte ich die Flecken weg. Der Rotwein war ungewöhnlich hell und ließ sich vom weißen Geschirrschrank nur mühsam entfernen. Wahrscheinlich handelte es sich um einen sehr schweren Portwein.

Nach getaner Arbeit packte ich mein Putzzeug zusammen und fuhr mit dem Motorradhelm auf dem Kopf wieder in den Keller hinunter. Vielleicht war Aldo Farelli inzwischen ja zurückgekommen. Ich stellte meine Sachen in die Ecke des Kellerabteils, hängte das Handtuch wieder über den Wischmobstiel und schob den länglichen Koffer darunter. Und wenn Herr Simon den Koffer etwa mit der Absicht unter meinen Putzsachen versteckt hatte, dass ich ihn finden würde? Vielleicht sollte ich doch einmal nachsehen, was sich darin befand. Vorsichtig legte ich den Koffer auf den Boden und fand an der schmalen Längsseite mehrere Metallklappen, die ich nach oben drückte. Als ich den Deckel öffnete, kam mir ein miefiger Geruch entgegen. Ungläubig starrte ich auf den Inhalt des Koffers: Eine große Geige lag auf dem dunkelroten Samt, mit dem der Koffer ausgeschlagen war. Das eigentliche Überraschende war jedoch der handgeschriebene Zettel, der auf der Geige lag.

»Liebe Frau Holzwurm, wenn Sie diese Nachricht finden, ist mir wahrscheinlich etwas zugestoßen. Bitte nehmen Sie dieses Instrument an sich und bringen es zurück zu Signora Bertolotti in Salò. Sprechen Sie unter keinen Umständen mit irgendjemandem darüber, es wäre lebensgefährlich. Ich vertraue Ihnen, Otto Simon.« Unter dem Text hatte Herr Simon die genaue Adresse und die Telefonnummer von Signora Bertolotti notiert.

Schnell steckte ich den Zettel in die Tasche meines Putzkittels und schloss den Geigenkasten, dann atmete ich einige Male tief durch. Die Erkenntnis traf mich wie ein Schlag: Herrn Simon war etwas Schlimmes passiert, und ich hatte gerade die Spuren eines brutalen Verbrechens beseitigt! Der Vino rosso war kein Vino rosso gewesen, sondern Blut! Wie in Trance packte ich den Geigenkasten unter meinen Arm, lief die Treppe nach oben, klemmte den sperrigen Koffer irgendwie auf meinen Gepäckträger und fuhr nach Hause.

In meinem Zimmer legte ich den schwarzen Kasten aufs Bett, holte vorsichtig das Instrument heraus und begutachtete es genau. Da ich seit drei Monaten bei dem gefürchteten Musikkritiker Waldemar König putzte, erkannte ich natürlich, dass es sich bei einer so großen Geige um eine Bratsche handelte. Selbstverständlich hatte ich einen Großteil der Bücher in den Regalen von Waldemar König mittlerweile gelesen, darunter auch die unsäglichen Wälzer, die er selbst geschrieben hatte. Die Titel seiner eigenen Veröffentlichungen, die eigentlich nur aus Ansammlungen von Verrissen armer Musiker bestanden, begannen alle mit dem Wort »Über«, wie zum Beispiel »Über das Hasten zwischen den Tasten«, »Über die Geschwindigkeitsbegrenzung in der Koloratur« oder »Über die Länge des Taktstockes«.

Beim Lesen seines Buches »Über den Missbrauch edlen Rosshaares«, in dem er sich wenig schmeichelhaft über zahlreiche Streicher geäußert hatte, hatte ich einiges mehr erfahren, als dass Streicherbögen mit den Schweifhaaren von Pferden bespannt wurden. So wusste ich jetzt, dass ich in eines der beiden so genannten F-Löcher der Bratsche hineinschauen musste, um das Schild des Geigenbauers zu finden. Das verblasste und vergilbte Schild, das ich im Inneren der Bratsche entdeckte, war schwer zu entziffern. Das deutete auf ein altes Instrument hin. Ich stand auf, hielt zitternd den Bratschenkörper gegen die Sonne und spähte in das linke F-Loch. »Gasparo da Salò«, glaubte ich lesen zu können.

Erleichtert setzte ich mich wieder aufs Bett, ich hatte schon befürchtet, die Bratsche könnte eine Stradivari sein. Vor Jahren hatte ich irgendwo gelesen, dass Liebhaber für eine echte Stradivari mehrere Millionen Euro hinblätterten, und die teuerste Stradivari gar einen Wert von sechs Millionen Euro hatte. War dieses Instrument der Grund, dass Otto Simon in solche Schwierigkeiten geraten war? Ob es wirklich sein Blut gewesen war, das ich in seiner Küche weggewischt hatte? Ein Schauer lief mir den Rücken hinunter. Ob er überhaupt noch lebte? Diese Bratsche gehörte jedenfalls einer gewissen Signora

Bertolotti in Salò, und ich sollte ihr das Instrument wieder zurückbringen. Der Mann auf dem Sterbebildchen, das Aldo Farelli aus Otto Simons Schublade gestohlen hatte, hatte auch Bertolotti geheißen, und er war in Salò beerdigt worden. Und der Geigenbauer, der die Bratsche gebaut hatte, kam dem Namen nach ebenfalls aus Salò. Welche Zusammenhänge es auch immer zwischen den Bertolottis, der Bratsche und dem Ort Salò gab, ich musste die Bratsche so schnell wie möglich loswerden, sonst drohte auch mir Gefahr. Oder sollte ich lieber die Polizei verständigen? »Ich vertraue Ihnen«, las ich auf dem Zettel von Herrn Simon, der vor mir lag. Dieser Mensch kannte mich kaum, und trotzdem hatte er mir vertraut. Ich konnte sein Vertrauen doch nicht enttäuschen.

Angespannt wählte ich die Telefonnummer von Signora Bertolotti in Salò.

»*Pronto?*«, meldete sich eine ältere Frau mit nervöser Stimme.

»Spreche ich mit Signora Bertolotti?«, fragte ich in der Hoffnung, dass die Frau Deutsch sprach.

»*Signora Bertolotti in ospedale*, ich Nachbarin!«, rief die Frau aufgeregt am anderen Ende der Leitung.

»Was, sie ist im Krankenhaus? Was ist denn passiert?«, fragte ich beunruhigt.

»Heute Nacht Einbrecher da, ich aufräumen! Signora Bertolotti mit Blut auf die Fußboden!«

»Um Gottes willen, wie geht es ihr jetzt?« Bei der Erwähnung von Blut war mir fast das Handy aus der Hand gefallen.

»Geht schon besser, aber muss bleiben in *ospedale*«, antwortete die Frau.

»Könnten Sie Ihr bitte etwas ausrichten?«, bat ich die Nachbarin. »Sagen Sie ihr, ich bin eine Freundin von Otto Simon und sie soll mich anrufen. Haben Sie etwas zum Schreiben?«

»*Un momento*«, antwortete die Frau, nach kurzer Zeit kam sie zurück, und ich diktierte ihr meine Handynummer.

Ich ließ mich auf einen Stuhl vor meinem kleinen Esstisch fallen und legte auf. Wer immer hinter der Bratsche her war, schreckte offenbar nicht einmal davor zurück, eine alte Frau niederzuschlagen. Denn bestimmt hatte er bei Signora Bertolotti nach dem Instrument gesucht. Außerdem musste Aldo Farelli irgendwie die Finger im Spiel haben. Und wenn er meine Visitenkarte mitgenommen und mich mit der Bratsche auf dem Gepäckträger gesehen hatte? Er könnte hier auftauchen, mich bedrohen und mir gewaltsam die Bratsche abnehmen. Im Haus von Signora Bruna konnte die Bratsche auf keinen Fall bleiben, das stand fest.

Ich ging zum Schrank, holte einen großen Strandsack heraus, den mir eine Freundin genäht hatte, und steckte den Bratschenkasten hinein. Vorne und hinten polsterte ich den Sack mit Handtüchern aus, damit er eine andere Form bekam, dann marschierte ich mit dem schweren Gepäck zum alten Hafen. Merkwürdigerweise sagte mir mein Bauchgefühl, dass ich mich in dieser Sache lieber Fabio als Adriano anvertrauen sollte.

Schweißperlen bildeten sich auf meiner Stirn, nicht nur wegen der Hitze, sondern auch wegen der Aufregung. Es war halb zehn Uhr, und die ersten Gruppen von Tagestouristen drängten sich durch Limone.

»Der Name ›Limone‹ kommt nicht von den Zitronen, sondern von dem alten Wort ›limes‹, das bedeutete Grenze«, erklärte eine Reiseführerin einer Gruppe, die mir im Weg stand. Nach mehreren Ausweichmanövern erreichte ich endlich die Bar »Al Porto« und setzte mich mit meinem Strandsack an einen Tisch im Innenbereich, Fabio sah mich verwundert an.

»Rosi, was ist passiert?«, fragte er, als er mein verstörtes Gesicht sah.

»Fabio, bist du mein Freund?« Ich hatte Fabio noch nie um einen so großen Gefallen bitten müssen.

»Was soll das Rosi? Natürlich bin ich dein Freund«, entgegnete er fast gekränkt.

»Ich brauche deine Hilfe. Wo würdest du diesen Strandsack verstecken, wenn du sicher sein müsstest, dass ihn niemand findet?«

»Da, wo ihn keiner sucht«, entgegnete er prompt.
»Und wo wäre das?«, fragte ich.
»Rosi, geh nach Hause und leg dich etwas hin, du siehst nicht gut aus«, wich er meiner Frage aus. »Den Sack lässt du bei mir, ich kümmere mich drum, *d'accordo*?«
Irgendwie war ich heilfroh, dass mir Fabio das Problem abnehmen wollte, deshalb akzeptierte ich dankbar sein Angebot. Kein Wunder, dass ich nicht belastbar war, ich hatte das Frühstück ausfallen lassen. Ich machte einen kleinen Abstecher zum Supermarkt an der Piazza Garibaldi und deckte mich mit allem ein, was ich für ein opulentes Frühstück brauchte, dann ging ich nach Hause.

Eine Stunde später kehrte ich frisch gestärkt zur Bar »Al Porto« zurück, um einen Cappuccino zu trinken und mich bei Fabio nach dem Versteck des Strandsackes zu erkundigen. Im Vorbeigehen warf ich einen Blick in den Innenraum der Bar und stellte fest, dass der Strandsack nicht mehr an dem kleinen Tischchen mit der rosa Tischdecke lehnte, wo ich ihn vorher zurückgelassen hatte. Wie immer nahm ich wieder einen Platz im Freien ein und wartete auf Fabio.
»Na also, jetzt gefällst du mir schon besser.« Er kam lächelnd auf mich zu und setzte sich.
»Und, wo ist er jetzt?«, fragte ich Fabio.
»Direkt vor deiner Nase«, sagte er.
»Fabio, mir ist nicht nach Scherzen zumute.« Ich verzog keine Miene. »Bitte sag mir, wo du ihn hingetan hast.«
»Ich meine es ernst: Du sitzt nur wenige Meter von ihm entfernt.« Er grinste mich an.
Da ich offensichtlich schwer von Begriff war, rückte er näher an mich heran.
»Siehst du mein Boot?«, fragte er.
Natürlich sah ich Fabios hellblaues Fischerboot mit den drei schmalen Bänken und der ebenfalls blau lackierten Holzklappe an der Spitze des Bootes, die den Stauraum abdeckte. Jetzt verstand ich endlich.

»Der Sack hat genau in den Stauraum reingepasst.«

»Fabio, du bist ein Genie!«, rief ich. Es war wirklich ein geniales Versteck. Das kleine Holzboot wurde zwar zusammen mit den anderen Booten jeden Tag unzählige Male fotografiert, aber niemand würde ahnen, welche Fracht es geladen hatte.

»Willst du mir nicht sagen, was da drin ist?«, fragte Fabio im Flüsterton.

»Das kann ich nicht. Das hört sich jetzt vielleicht blöd an, aber es wäre lebensgefährlich, wenn ich es dir verraten würde.«

»Lebensgefährlich für wen?« Sein Gesicht war ernst geworden.

»Für alle Beteiligten«, antwortete ich.

Fabio starrte mich mit offenem Mund an, bevor er plötzlich in schallendes Gelächter ausbrach.

»Jetzt wäre ich fast auf dich reingefallen, Rosi. Ist es eine Bombe?«, fragte er mit vorgehaltener Hand.

»Genau«, flüsterte ich zurück, bevor ich ebenfalls grinste. »Eine Bombe.«

Es war besser, wenn Fabio nicht ahnte, wie gefährlich der Besitz dieser Fracht wirklich war.

6

Eine halbe Stunde später öffnete ich in der Wohnung von Dr. Waldemar König in der Via Campaldo erst einmal alle Fenster. Mein Schreiberling arbeitete also wieder an einem neuen Buch, folgerte ich, als ich den stehenden Zigarettenrauch wahrnahm. Er hatte mir gegenüber einmal erwähnt, dass er nur während intensiver Schreibphasen rauchte. Die Luft in der Wohnung roch jedenfalls, als wäre ein armer Musiker besonders heftig abgewatscht worden. Ich holte die Biografie von Johann Sebastian Bach aus meiner Handtasche, die ich mir letzte Woche ausgeliehen hatte, und stellte sie zurück ins Regal. Bei der Flut von Büchern, die mein Schreiberling überall in seiner Wohnung deponiert hatte, fiel es sicher nicht auf, wenn jede Woche eines fehlte. Dann ging ich in die Küche, drapierte die kandierten Ingwerstückchen, die ich zuvor im Delikatessenladen Mirella an der Seepromenade gekauft hatte, ansprechend auf einer gläsernen Schale und platzierte diese auf dem Wohnzimmertisch. Mein Schreiberling hatte eine Schwäche für kandierten Ingwer, da konnte er nicht widerstehen.

Ich legte das Klavierkonzert von Robert Schumann mit Martha Argerich in den CD-Player, holte das Putzzeug aus der Abstellkammer und machte mich an die Arbeit. Im Badezimmer drückte ich wie immer als Erstes auf die Wiederholungstaste der modernen Körperfettwaage. Heieiei, da hatte mein Schreiberling übers Wochenende aber wieder ganz schön was weggefuttert, 1.627 Gramm mehr als am letzten Dienstag. Gegen Waldemar König war ich eine Elfe. Sollte ich nicht mal kurz nachsehen, was denn die Elfe gerade wog? Lieber nicht, die mysteriöse Geschichte um die Bratsche von Otto Simon hatte meine Nerven am heutigen Tag bereits genug strapaziert.

Nach dem Bad putzte ich mich durchs Schlafzimmer, durchs Arbeitszimmer und durch das Wohnzimmer zur Küche der

Wohnung vor. Es war das reinste Vergnügen, die Hightech-Küche von Waldemar König zu reinigen, der Mann hatte das Neueste vom Neuesten, was Ausstattung und diverse Küchengeräte betraf. Das Kochen war neben der Musik die große Leidenschaft meines zweimal geschiedenen Schreiberlings.

Nachdem ich noch die Kartoffelpresse aus Edelstahl blank poliert hatte, schloss ich sämtliche Fenster, ging ins Wohnzimmer und schaltete den CD-Player aus. Ich öffnete den Notenschrank, griff nach den zweistimmigen Bach-Inventionen, setzte mich ans Klavier und feilte weiter am Mittelteil der achten Invention. Tatsächlich, der verflixte Übergriff in der rechten Hand funktionierte schon viel besser als vor einer Woche. Als Kind hatte ich nur unter dem Druck meiner Eltern Klavier geübt, aber nach fast zwanzig Jahren Pause hatte ich wieder Gefallen am Musizieren gefunden. Das war natürlich meinem neuen Leben als Putzfrau eines bekannten Musikkritikers zu verdanken. Da mein Schreiberling gelegentlich auch während der Woche nach Limone kam, wunderte sich keiner der Nachbarn, wenn aus der Wohnung von Dr. König Klavierklänge ertönten. Natürlich hätte ich mich niemals getraut, bei Waldemar König Klavier zu üben oder zu kochen, wenn er mich nicht mit hundertprozentiger Sicherheit jedes Mal anrufen würde, bevor er außerplanmäßig unter der Woche nach Limone fuhr. Er kam dann erst am späten Abend an und bat mich deshalb immer, bestimmte Lebensmittel für ihn einzukaufen.

Mist, schon wieder daneben gegriffen. Vielleicht sollte ich lieber meinen eigenen Fingersatz verwenden als den für die Wurstfinger von Waldemar König. Da kam mir mit einem Mal etwas ganz anderes in den Sinn. Dass ich da nicht gleich dran gedacht hatte. Ich stand auf, ging ins Arbeitszimmer und suchte in dem siebzehnbändigen Personenteil der Enzyklopädie »Musik in Geschichte und Gegenwart« nach dem Buchstaben G. Da war er. Aufgeregt blätterte ich um, bis ich tatsächlich den Namen Gasparo da Salò fand. Der Geigenbauer war also zumindest so bekannt, dass er es in dieses Riesenlexikon geschafft hatte. Sofort sprang mir ein mittlerweile vertrauter Name ins Auge: Gasparo da Salò hieß mit Geburtsnamen eigentlich Gasparo Bertolotti. So schloss sich der Kreis. Bestimmt war diese Frau Bertolotti, zu der ich die Bratsche von Otto Simon bringen sollte, eine Nachfahrin des Geigenbauers.

Gasparo da Salò war 1540 in Polpenazze del Garda nahe Salò geboren und einer der Erfinder der modernen Geige. Er war der Begründer des sogenannten Brescianer Stils. Viele der von da Salò erhaltenen Instrumente waren große Bratschen und wurden später oft für eine angenehmere Spielbarkeit verkleinert. Was eine Bratsche von Gasparo da Salò wert war, konnte ich allerdings nicht finden. Na ja, wenn Gasparo da Salò die heutige Geige erst erfunden hatte, waren sie sicher im Laufe der Zeit noch verbessert worden. Und dass man seine Bratschen verkleinern musste, um besser auf ihnen spielen zu können, sprach auch nicht gerade für Vollkommenheit. Konnten solche Instrumente viel Geld wert sein? Hm, vielleicht für Sammler oder Historiker, aber bestimmt keine Millionen wie eine Stradivari. Ich schob das Buch wieder ins Regal zurück und zog den Band mit dem Buchstaben S heraus. Unter Antonio Stradivari las ich, dass dieser im Jahre 1737 gestorben war. Da lagen doch gute hundert Jahre zwischen den ersten Geigenbauversuchen des Gasparo da Salò und den Meisterviolinen von Stradivari. Beruhigt stellte ich auch den Band mit S zurück und widmete mich wieder meiner eigenen Kunst.

Während ich die achte Bach-Invention zum dritten Mal hintereinander fast fehlerfrei durchspielte, klingelte mein Handy.

»Putzagentur Rosi Holzwurm«, meldete ich mich.

»Wenn ich das schon höre, wird mir ganz schlecht«, stöhnte meine Schwester Johanna ins Telefon. »Und das in unserer Akademikerfamilie!«

»Keine Sorge, Johanna, ich bin ja weit weg«, beruhigte ich sie. »Wie geht's den Eltern?«

»Den Umständen entsprechend. Sie können sich nach wie vor nicht damit abfinden, dass du einfach alles weggeworfen hast, was du im Leben erreicht hast. Du hattest einen so guten

Job in der Anwaltskanzlei. Und einen Mann wie den Leopold lässt man auch nicht einfach sitzen.«

»Hast du mich nur angerufen, um mir die ewig gleichen Dinge vorzuhalten?«, fragte ich.

»Indirekt«, antwortete Johanna. »Du glaubst nicht, wen ich gestern getroffen habe.«

»Soll ich raten? Du hast Leopold getroffen, und zwar nicht etwa zufällig, sondern weil du ihn zum Kaffee eingeladen hast. Stimmt's oder habe ich recht?«

»Sei doch nicht immer gleich so sauer, wenn ich mich um deine Zukunft sorge. Leopold ist so ein feiner Mensch. Weißt du, was er allen Ernstes zu mir gesagt hat? Wenn du wieder zurückkommen solltest, würde er dir alles verzeihen.«

»Wirklich sehr großzügig, aber darauf sollte er besser nicht warten«, entgegnete ich.

»Du bist so bescheuert, Rosi! Was hat denn dieser verheiratete Italiener, das Leopold nicht hat? Leopold legt dir die Welt zu Füßen«, rief sie ärgerlich.

»Du meinst die Welt bis zur bayerischen Grenze.« Leopold weigerte sich strikt, Bayern zu verlassen. »Aber zu Hause ist es doch am Schönsten, Rosi«, hatte er immer gesagt, wenn ich ihm die tollsten Reisekataloge vorgelegt hatte. Das war auch der Grund gewesen, weswegen wir nach siebenjähriger Verlobungszeit noch nicht verheiratet gewesen waren. Nachdem ich einmal hatte fallen lassen, dass mir eine Hochzeitsreise in die Karibik vorschwebte, schien er es mit der Heirat nicht mehr eilig zu haben. Stattdessen erzählte er mir ständig von einem Kollegen, der heute noch von seinen Flitterwochen am Tegernsee schwärmte.

»Johanna, sei doch vernünftig. Leopold und ich passen einfach nicht zusammen.« Zum x-ten Mal erklärte ich ihr den Grund für die Trennung von Leopold.

»Aber dass du deswegen gleich als Putzfrau in Italien gelandet bist ...« Sie begann zu schluchzen.

»Johanna, hör auf mit der Heulerei!« Meine Schwester war mit allen Wassern gewaschen und schöpfte grundsätzlich sämtliche Varianten menschlicher Regungen aus, um ihre Ziele zu erreichen.

»Du wirst schon sehen, was du von deinen Hirngespinsten hast. Irgendwann wirst du auf Knien zu Leopold zurückkriechen, und dann kannst du dem Himmel danken, wenn er dich noch nimmt.« Mit dieser Prophezeiung beendete sie das Gespräch und legte wütend auf.

Nach den meist wenig harmonischen Gesprächen mit meiner Schwester knurrte mein Magen immer besonders laut und verlangte dringend nach etwas Handfestem. Ich verließ die Wohnung von Waldemar König, fuhr die Via Campaldo bis zum Geburtshaus des Missionars Daniele Comboni vor und bog nach links in die Via Tovo ein, um mich nach ein paar weiteren Metern im Garten der »Osteria Livio« unter Schatten spendenden Olivenbäumen niederzulassen.

Ich liebte den wunderschönen Garten im Olivenhain, mit dem Brunnen in der Mitte und den alten Weinfässern in der Ecke. Außerdem liebte ich natürlich das Essen, insbesondere die schärfsten Penne all'arrabbiata von ganz Limone. Da dieses Nudelgericht zu meinen Leibspeisen gehörte, hatte ich längst die verschiedensten Arten der Zubereitung in sämtlichen Lokalen von Limone getestet und wusste genau, was mich wo erwartete.

Als kleinen Appetithappen vorneweg bestellte ich noch Bruschette, für die Livio berühmt war. Hier speisten vorwiegend Einheimische und die wenigen Touristen, die den steilen Anstieg zum Geburtshaus und Museum des heiligen Daniele Comboni auf sich genommen hatten. Dabei lohnte sich der Besuch der gepflegten Anlage mit der Kapelle und der lustigen Kuriositätenausstellung mit Riesenschlangenhäuten und Haifischgebissen schon allein wegen des gigantischen Blickes vom alten Zitronengarten des Missionszentrums auf den See hinunter.

»Ciao, Rosi«, begrüßte mich Livio, während er mir einen Viertelliter Weißwein, Wasser und Grissini auf den Tisch stellte. »Ich bekomme noch Vermittlungsgebühr von dir«, sagte der schlaksige Restaurantbesitzer schmunzelnd. »Letzte Woche war ein Deutscher hier, der eine Wohnung in Limone gekauft hat. Er hat mich nach einer absolut zuverlässigen Putzfrau gefragt. Und was glaubst du, wen ich ihm empfohlen habe?«

»Merkwürdig, Otto Simon hat mir gesagt, dass Adriano mich empfohlen hat«, entgegnete ich. Hatte mein neuer Kunde vielleicht die Wirte verwechselt?

»Du drückst dich nur um meine Prozente, Rosi. Aber vielleicht hat Herr Simon sich ja in ganz Limone nach der zuverlässigsten Putzfrau mit dem makellosesten Ruf erkundigt.«

»Dann musste er ja bei mir landen«, sagte ich scherzhaft, »aber trotzdem vielen Dank, dass du ihm meinen Namen genannt hast. War Herr Simon öfter hier?«

»Einige Male«, antwortete Livio.

»Und war er da allein?«

»Rosi, Rosi, findest du etwa fern deiner Heimat doch Gefallen an deinen eigenen Landsleuten?«, fragte der junge Kerl verschmitzt. Manchmal war er fast so frech wie Fabio. »Na schön, ich werde dir alles erzählen, was ich weiß. Er hatte einmal eine Frau dabei, aber keine Sorge, die Dame war eine ganze Ecke älter als er. Soll ich dich heimlich benachrichtigen, wenn er wieder hier ist?«

»*Deficiente!*«, rief ich, was zu Deutsch so etwas wie »Blödmann« hieß.

»Was lernst du nur für Wörter, Rosi.« Kopfschüttelnd verzog er sich ins Lokal zurück.

Vielleicht hatte es sich bei der älteren Dame um Signora Bertolotti gehandelt. Womöglich hatte ihr Otto Simon seine neue Wohnung gezeigt und sie anschließend zum Essen ausgeführt.

Ein Angestellter von Livio servierte mir endlich auf einem rustikalen Holzbrett meine Bruschette mit Rucola, Bressaola, Tomaten und Knoblauch, die ich mit Genuss vertilgte. Die folgenden Penne all'arrabbiata trieben mir den Schweiß aus den Poren, aber genau das erwartete ich von diesem Gericht, sonst war ich irgendwie enttäuscht.

7

Mit angenehmem Sättigungsgefühl im Magen fuhr ich die paar Meter weiter zu meiner Lieblingskirche San Pietro im Olivenhain. Der schnuckelige Garten hinter dem romanischen Kapellchen mit den wunderbaren Fresken und dem lauschigen Bogengang war mein bevorzugter Platz, um eine kleine Siesta abzuhalten. Da sich an diesem Ort zur Mittagszeit selten jemand aufhielt, scheute ich mich nicht, mich auf eine der beiden Bänke zu legen und unter den Olivenbäumen etwas vor mich hin zu dösen.

Meine Gedanken kreisten um Otto Simon. Inmitten dieses Kleinods kam mir die ganze Geschichte von heute Morgen ganz unwirklich vor. Na schön, die Bratsche und der Brief von Otto Simon existierten tatsächlich, aber hatte es sich bei den roten Flecken wirklich um Otto Simons Blut gehandelt? Sie waren zwar etwas heller, als man es von Rotweinflecken erwarten würde, aber das könnte tatsächlich an der Sorte liegen. War ich nicht doch ein wenig überdreht? Vielleicht war er längst wieder in München und erfreute sich bester Gesundheit.

Ich setzte mich auf, kramte mein Handy aus der Handtasche und wählte die Nummer von Otto Simon, die ich gestern Abend gespeichert hatte. Es meldete sich die Sprachbox des Weinhändlers mit der Aufforderung, eine Nachricht zu hinterlassen, was ich jedoch nicht tat. Moment mal, Otto Simon hatte doch ein Auto. Wenn ihm tatsächlich in seiner Wohnung etwas Schlimmes zugestoßen war, hätte er bestimmt nicht mehr Auto fahren können, und sein Wagen müsste noch in der Tiefgarage des Hauses stehen. Entschlossen erhob ich mich von der Bank, ging durch den Bogengang und über die alten Steinstufen zu meiner Vespa auf dem Schotterweg hoch und machte mich auf den Weg zur Via Tamas 22. Mein auffälliges

Gefährt stellte ich vom Haus aus unsichtbar in ein paar Metern Entfernung ab.

Mit heftigem Herzklopfen steckte ich den Schlüssel ins Schloss der Haustür und sperrte auf. Den Helm hatte ich nicht abgenommen, trotzdem hoffte ich inständig, dass mir Aldo Farelli nicht über den Weg laufen würde. Falls doch und falls er mich fragen sollte, zu wem ich wollte oder was ich in der Tiefgarage machte, hatte ich mir schon eine Ausrede zurechtgelegt: Ich suche nach einem verlorenen Ohrring, würde ich sagen.

Doch im Hausflur begegnete mir niemand. Als ich im Lift stand und nach unten fuhr, atmete ich erleichtert durch. Im Untergeschoss öffnete ich mit dem Hausschlüssel den Zugang zur Tiefgarage und trat ein. Ich drückte auf den beleuchteten Lichtschalter links neben der Tür und sah mich um. Es gab sechs nummerierte Stellplätze, die bis auf einen alle leer waren. Auf der Nummer eins stand der dunkelblaue Fiat von Aldo Farelli, er war also höchstwahrscheinlich im Haus. War Otto Simon doch wie geplant nach München gefahren und wohlauf? Oder hatte man sein Auto gestohlen, womöglich sogar, um seine Leiche damit wegzuschaffen? Ich bekam am ganzen Körper eine Gänsehaut, obwohl die Luft hier unten stickig und warm war. Auf einmal klingelte mein Handy in der Handtasche los, und ich erschrak fürchterlich. Hastig zog ich meinen Helm aus und drückte auf die Annahmetaste.

»Putzagentur Rosi Holzwurm«, meldete ich mich wie gewohnt.

»Hier Aldo Farelli.«

Das Herz rutschte mir in die Rocktasche. »*Pronto?*«, fragte ich nervös zurück.

»Signora Holzwurme, habe ich Sie heute früh angerufen. Bin ich die Hausmeister von Otto Simon. Haben Sie die Küche schon geputzt?«

Was sollte das? Er brauchte doch nur nach oben zu gehen und nachzusehen.

»Ich habe bereits jemanden geschickt«, antwortete ich kurz.

»Wie viele Putzfrauen arbeiten bei Sie?«, fragte er.

»Suchen Sie eine Putzstelle, Herr Farelli?« Ich war fast selbst über meine eigene Schlagfertigkeit überrascht.

»Signora Holzewurme, bin ich die Hausmeister, und habe ich Verantwortung, dass in die Haus nix wird gestohlen. Möchte ich die Name von die Putzfrau wissen, die bei Signor Simon hat geputzt.« Seine Stimme hatte einen strengen Klang angenommen.

»Ist denn etwas gestohlen worden, Herr Farelli?«, fragte ich.

»Signora Holzewurme, sagen Sie jetzt die Name, oder …«

»Oder was, Herr Farelli?« Der Ton, den Aldo Farelli gerade angeschlagen hatte, jagte mir Angst ein, trotzdem versuchte ich, ruhig zu klingen.

»Signora Holzewurme, mit Aldo Farelli man macht keine Spaß, das Sie werden noch lernen. Weiß ich genau, dass Sie sind die einzige Putzfrau von Ihre Firma.«

Ich schluckte. Der Gedanke, dass Aldo Farelli nur durch wenige Mauern getrennt von mir entfernt war, steigerte mein Unbehagen noch, außerdem hatte sich soeben das Licht in der Tiefgarage von selbst ausgeschaltet. Ich stand im Dunkeln.

»Was wollen Sie von mir, Herr Farelli?«, fragte ich mit leiser Stimme.

»Hat Signor Simon eine Freundin?« Der undurchsichtige Hausmeister dachte wohl an die nackte Badende, die er gestern Nachmittag in der Wanne überrascht hatte.

»Woher soll ich das wissen?«

»Frau Holzewurme, es ist besser für Sie, wenn Sie mir sagen die Wahrheit.« Wieder lag der drohende Unterton in seiner Stimme.

»Herr Farelli, ich bin im Dienst und habe keine Zeit, mich von Ihren eigenartigen Fragen aufhalten zu lassen.« Ich beendete das Gespräch und legte auf.

Aldo Farelli wusste also genau, dass ich selbst bei Herrn Simon geputzt hatte. Und was bedeutete nun die Abwesenheit des Autos? Nichts, musste ich mir eingestehen. Wenn man Otto Simon wirklich überwältigt oder gar ermordet hatte, hätte man auch seine Autoschlüssel entwenden und mit seinem Auto davonfahren können.

Ich erstarrte. Von draußen ertönte leise das Gerumpel des sich öffnenden Liftes. Geistesgegenwärtig stolperte ich in die Ecke der Tiefgarage, in der ich vorhin einige gestapelte Autoreifen gesehen hatte. Ich kauerte mich so nah wie möglich an die Reifen. Die Tür ging auf, und Aldo Farelli machte das Licht an, dann stieg er in sein Auto, öffnete per Fernsteuerung das Garagentor und fuhr davon. Nach wenigen Sekunden schloss sich das Tor wieder. Ich atmete tief durch. Dieser Aldo Farelli suchte nach etwas, und der Verdacht lag nahe, dass es sich dabei um die Bratsche von Gasparo da Salò handelte. Und weil er die Bratsche nicht finden konnte, erhoffte er sich Hinweise von Otto Simons Putzfrau oder von dessen Freundin, für die er mich gestern gehalten hatte.

Leise schlich ich mich aus dem Haus und fuhr zu den beiden Ferienwohnungen, die ich heute noch putzen musste. Solange ich Otto Simon nicht lebend am Telefon erreichte, würde ich einen großen Bogen um dieses Haus mitsamt seinem Hausmeister machen.

Erschöpft und mit Heißhunger kam ich gegen acht Uhr abends nach Hause, es war ein langer und aufregender Tag gewesen. Signora Bruna hatte einen Zettel für mich auf die Treppe gelegt: »Bin bei Alessandra zum Essen, habe viel zu viel Peperonata gemacht, nehmen Sie sich eine große Portion.«

Das ließ ich mir nicht zweimal sagen. Ich ging in Signora Brunas Küche, schöpfte mir reichlich Peperonata in einen tiefen Teller und trug die wunderbar duftende Mischung aus gekochten Paprikaschoten, Tomaten, Zwiebeln und Knoblauch in meine Wohnung. Dort tunkte ich das restliche Ciabatta vom Frühstück in die Peperonata ein und verspeiste alles mit Genuss, dazu trank ich einen kräftigen Valpolicella.

Nachdem mein Magen fürs Erste beruhigt war, bereitete ich mir eine anständige Portion Spaghetti Carbonara zu. Für Pastagerichte waren meine zwei Herdplatten in der winzigen

Küchenzeile gerade ausreichend. In Ermangelung des Hauptganges verzehrte ich noch einige hauchdünn geschnittene Scheiben Parmaschinken, bis ich endlich das Gefühl hatte, dass ich satt war. Nach zwei Pfirsichen zum Abschluss war ich gestärkt für mein tägliches Abendprogramm. Da ich immer noch verschwitzt und im Putzkittel unterwegs war, duschte ich endlich und legte Make-up für Adriano auf, dann ging ich in die Bar »Al Porto«.

Die vorderen Tische bei Fabio waren alle belegt, und im hinteren Teil wollte ich nicht sitzen, weil ich sonst den Hafen nicht sehen konnte. Also wartete ich auf der Bank gegenüber vor dem mächtigen lachsfarbenen Palazzo. Fabios Boot mitsamt der geheimen Fracht bewegte sich kaum im Wasser, auch Adrianos Boot lag ruhig an seiner gewohnten Stelle. Zwei kleine Mädchen, deren Eltern bei Fabio ihren Spritz tranken, liefen aufgeregt zwischen der Bar »Al Porto« und dem Wasser hin und her. Sie hatten die Wasserschildkröte entdeckt, die hier am alten Hafen lebte.

Endlich zahlte ein Herr an einem der vorderen Tische, sodass ich in Windeseile um die Boote herumlief und mich an dem freien Tisch niederließ.

»Rate mal, wer heute nach dir gefragt hat«, sagte Fabio, kaum hatte er meinen Spritz auf den Tisch gestellt.

»Adriano?«, fragte ich gerührt. Bestimmt hatte er Sehnsucht nach mir gehabt, nachdem wir uns gestern Abend nicht gesehen hatten.

»Quatsch, Aldo Farelli. Er hat irgendwo erfahren, dass du oft bei mir in der Bar bist und wollte wissen, um welche Uhrzeit er dich am besten hier antreffen kann.«

»Ich fasse es nicht. Und was hast du gesagt?«

»Dass du gelegentlich am Nachmittag einen Cappuccino bei mir trinkst«, meinte Fabio verschmitzt.

»Hast du ihn gefragt, was er von mir wollte?«

»Nein.« Fabio machte eine Pause. »Hat sein Interesse an dir etwas mit dem Strandsack zu tun, der in meinem Boot liegt?«

»Ich fürchte ja.«

»Aldo Farelli weiß also, was da drin ist, nur ich darf es nicht wissen.« Fabio blickte gekränkt zu Boden.

»Fabio, sobald ich den Inhalt des Strandsackes wieder los bin, werde ich dir alles erzählen.« Ein paar Tage musste ich ihn noch hinhalten und seine Neugier zügeln.

»Rosi, ich hoffe sehr, dass du dich nicht auf irgendwelche krummen Geschäfte mit Aldo Farelli eingelassen hast. Der Mann bewegt sich in Kreisen, die absolut keinen Spaß verstehen, ist dir das klar?«

Fabio hatte einen so strengen Ton angeschlagen, dass ich ihn verwundert ansah. Was sollte ich darauf antworten? Ich hatte mir die unerfreuliche Bekanntschaft mit Aldo Farelli nicht ausgesucht.

Stumm nippte ich an meinem Spritz, der mir heute nicht so recht schmecken wollte. Fabio bediente seine Gäste, kam aber zwischendurch nicht zu einem Schwätzchen an meinen Tisch, wie es eigentlich üblich war. Nach diesem schweren Tag hatte ich jedoch nicht vor, mir den Abend von Fabio oder von einer Bratsche verderben zu lassen. Kämpferisch spülte ich meinen Spritz hinunter, bis sich der Alkohol wohlwollend auf meine Stimmung auswirkte. Dann zog ich meine Lippen nach, was für Fabio die Aufforderung zum Kassieren bedeutete.

»Du wirst schon wissen, was du tust, Rosi«, meinte er schließlich versöhnlich und verzog die Mundwinkel zu einem gezwungen Lächeln.

Hoffentlich, dachte ich nur, während ich zur Uferpromenade hinüberflanierte.

8

Adriano öffnete gerade eine Flasche Wein am Tisch eines älteren Paares und zwinkerte mir zu, als er mich erblickte. Ich nahm meinen Barhocker ein und wartete.

»Ciao, Rosi«, begrüßte er mich mit seiner erotischen Stimme, die mich schon wieder dahinschmelzen ließ. Mein Liebster hieß nicht nur Adriano, sondern er hatte auch äußerlich große Ähnlichkeit mit dem berühmten italienischen Schlagerbarden und Filmstar. Schon bei unserer ersten Begegnung in seinem Restaurant hatte mich Amors Pfeil getroffen. Niemals zuvor hatte ich einen so charmanten, charismatischen und gut aussehenden Mann kennengelernt. Da sich mein Exverlobter grundsätzlich nicht über den Weißwurst-Äquator bewegte, hatte ich diese Reise im September mit meiner Freundin Gisela von den Weight Watchers unternommen. Zum Glück! Mit Leopold an meiner Seite hätte sich Adriano wahrscheinlich nicht an mich herangewagt. Gisela prophezeite mir eine klassische emotionale Bruchlandung, wenn ich mich mit diesem verheirateten Schürzenjäger einlassen würde. Tja, und nun wohnte ich da, wo andere Leute Urlaub machten, und Adriano und ich waren immer noch ein Paar. Das hieß, wenn es seine Arbeit zuließ. Genau genommen hatten wir uns seit April nur viermal zu einem nächtlichen Schäferstündchen auf seinem Boot getroffen, aber ich wusste ja vorher, dass er verheiratet war und viel arbeiten musste.

»Gut siehst du aus, Rosi«, sagte er, während er meinen Spritz zubereitete, »immer eine Augenweide.«

»Danke, Adriano«, hauchte ich. »Wo warst du denn gestern Abend?«

»Gestern Abend habe ich solche Kopfschmerzen gehabt, dass ich früher nach Hause gehen musste«, erklärte er.

»Du Ärmster, das ist der Stress, den du jeden Tag aushalten musst.« Natürlich hatte ich Verständnis. »Und wo war dein Boot?«

»Mein Boot? Ah, ein Bekannter hat es ausgeliehen«, meinte er beiläufig und stellte meinen Spritz vor mir ab, wobei er fast in mein Dekolleté stürzte. »Zum Wohl, Rosi!«

»Danke, Adriano. Es war übrigens sehr lieb von dir, dass du mir einen neuen Kunden verschafft hast.«

»Du meinst den Weinhändler? Das ist ein netter Kerl, er war schon öfter hier zum Essen.«

»Adriano!« Mit scharfer Stimme pfiff Carlotta ihren Gatten zu sich. »*Il conto per tavolo dicianove!*«

Und so zog mein Liebster wieder von dannen. Adriano und Carlotta hatten zwei Söhne, Angelo und Filippo. Angelo absolvierte gerade im »Il Desco«, dem besten Restaurant Veronas, eine Ausbildung zum Koch, was seine Eltern wahnsinnig stolz machte. Filippo, der jüngere der beiden, studierte zum Missfallen von Adriano in Bologna Kunstgeschichte. Der Junge sollte besser etwas lernen, das man brauchen kann, regte sich Adriano oft auf. Carlotta hingegen verwendete gern den Halbsatz »... und wenn Filippo erst Dottore ist.«

Zwei Wasserstoffblondinen betraten das Lokal und setzten sich an einen Tisch in der Nähe der Bar, obwohl ich draußen mindestens zwei freie Tische entdecken konnte. Was waren das denn für aufgebrezelte Tussen? Die eine hatte eine turmhohe Hochsteckfrisur, an der sie Stunden gebastelt haben musste, die andere eine lockige Hollywoodmähne, die üppig auf ihr knalliges kurzes rotes Kleid fiel. Das breite Lächeln der Frau könnte aus jeder Zahnpastawerbung stammen. Die Turmfrisur trug das fast identische Kleid in schwarz und hatte Beine bis zum Himmel.

Ich konnte fast den Sog spüren, der durchs Lokal zog, als alle Männer gleichzeitig die Luft anhielten. Mein Adriano bekam von einer zur anderen Sekunde einen dermaßen testosterongeschwängerten Blick, dass er Mühe hatte, mit einer Flasche Grappa ins enge Glas zu zielen. Jetzt winkte ihm das

Zahnpastalächeln auch noch verschwörerisch zu, und die Turmfrisur warf ihm eine dezente Kusshand hinüber.

»Adriano!«, brüllte Carlotta so laut wie selten, »*due Espressi!*« Dann ging sie demonstrativ am Tisch der beiden Blondinen vorbei und kümmerte sich ein paar Schritte weiter äußerst beflissen um andere Gäste. Was hatte das zu bedeuten? Seit wann ignorierte Carlotta außer mir noch andere Frauen? Obwohl die beiden Barbiepuppen noch gar nichts bestellt hatten, brachte ihnen Adriano auf einmal zwei Prosecco.

»Adriano!«, rief ich mindestens so laut wie Carlotta, »*ancora uno* Spritz!« Ich war so durcheinander von der ganzen Situation, dass ich vor Schreck Italienisch redete.

»*Subito*, Rosi«, antwortete Giorgio anstelle seines Chefs. Er stellte hektisch mehrere Schälchen mit Oliven, Chips und Erdnüssen vor mich hin und murmelte: »*Subito*, Rosi, *subito ancora uno* Spritz.«

Nein, das kann nicht sein, sagte ich mir immer wieder, es sind doch zwei, er würde doch wohl nicht mit zwei …? Niemals, Adriano hatte schließlich Anstand. Frustriert mampfte ich die Snackschälchen leer und spülte alles mit meinem mittlerweile dritten Spritz hinunter, dabei blickte ich stur auf die Bar und vermied es, in den Gastraum zu sehen. Ich konnte den Anblick nicht ertragen, wie Adriano um diese Tussis herumscharwenzelte.

»Noch einen«, orderte ich bei Giorgio, jetzt war es auch schon egal. Seit die Barbiepuppen aufgetaucht waren, hatte sich Adriano nicht mehr um mich gekümmert. Mir war nur noch zum Heulen.

Statt einem Spritz stellte Giorgio doch glatt einen Espresso vor mir ab und sagte: »Adriano meint, der ist besser für dich.«

Entrüstet drehte ich mich um. Die Barbiepuppen knabberten ausgelassen lachend an einem Salat, aber Adriano war nicht zu sehen. Ich spähte nach draußen: Adriano unterhielt sich vor dem Ristorante angeregt mit einem Mann, und dieser Mann war unzweifelhaft Aldo Farelli. Mich traf schier der Schlag. Ob sich Aldo Farelli nun auch schon bei Adriano nach mir erkundigte? Adriano würde ihm doch hoffentlich nicht verraten, dass ich drinnen an der Bar saß? Kaum hatte ich die beiden entdeckt, verabschiedete sich Aldo Farelli mit einem Schulterklopfer bei Adriano. Erleichtert atmete ich auf.

»Giorgio, bitte geh zu Adriano und sag ihm, dass ich ihn dringend sprechen muss, und zwar sofort«, bat ich den jungen Mann hinter dem Tresen.

»*Un momento*, Rosi«, antwortet Giorgio ruhig und verschwand.

Nach zwei Minuten kam Adriano endlich zu mir und fragte mich mit einem Unschuldsgesicht: »*Tutto bene*, Rosi?«

»Nix ist bene. Wer sind die zwei blonden Frauen da vorn?«

»Das sind Gäste, Rosi, was sonst?«

»Und was wollte Aldo Farelli gerade von dir?«

»Er hat mich gefragt, ob der Weinhändler, bei dem du neuerdings putzt, eine Freundin hat. Ich habe ihm gesagt, dass ich das nicht weiß. Außerdem hat er mich nach dir gefragt.«

»Nach mir?« Ich fiel fast vom Barhocker vor Schreck.

»Ich habe gesagt, du bist nicht da. Ich will dich schließlich nicht mit Aldo Farelli teilen.«

»Adriaaanooo«, stöhnte ich, »Adriaaanooo, ich liiiebe dich!«

»Ich weiß, Rosi, ich weiß.«

»Adriano!«, schallte Carlottas Stimme messerscharf über sämtliche Tische hinweg, »*un Fernet per Signor Bosco!*«

Schon war mein Angebeteter wieder weg, aber wenigstens hatte er mir soeben eine Art Liebeserklärung gemacht. Nachdem ich den Espresso getrunken hatte, zahlte ich bei Giorgio und ging leicht schwankend nach Hause. Sollte doch Carlotta die zwei Wasserstoffblondinen im Auge behalten. Immerhin war sie Adrianos Frau und nicht ich.

9

Am nächsten Morgen saß ich mit leichten Kopfschmerzen vor einem Glas Wasser mit einer sprudelnden Aspirintablette darin und wählte die Nummer von Otto Simons Handy. Nichts, nur die bekannte Aufforderung, eine Nachricht zu hinterlassen.

Ich kippte ohne abzusetzen die Medizin hinunter und wählte die Nummer der Auskunft. Da es in Salò meines Wissens nach kein Krankenhaus gab, vermutete ich, dass man Signora Bertolotti nach Brescia gebracht hatte. Ich ließ mich mit dem dortigen Krankenhaus verbinden und erkundigte mich, ob eine Patientin mit dem Namen Bertolotti eingeliefert worden war. Man bat mich um Geduld und ließ mich in einer Warteschleife zu den Klängen des Triumphmarsches aus der Oper »Aida« gefühlte zwanzig Minuten warten. Endlich war ich auf der richtigen Station gelandet und fragte in stolperndem Italienisch, ob ich mit Signora Bertolotti sprechen könne. Die Krankenschwester sagte mir, dass Signora Bertolotti kein Telefon angemeldet hatte und dass sie mir nicht sagen dürfe, wann sie entlassen werden würde. Ich gab nicht auf und erklärte der Krankenschwester, dass ich eine dringende Lieferung für Frau Bertolotti hatte, da entglitt ihr doch die Aussage, dass ich mich schon bis zum Wochenende gedulden müsse. Das hieß also, dass die Bratsche noch mindestens zwei Tage in Fabios Boot versteckt bleiben musste, bevor ich sie zu Signora Bertolotti nach Salò bringen konnte.

Ein Blick auf den Wecker neben meinem Bett verriet, dass ich mich sputen musste. Das Linienschiff nach Malcesine legte um neun Uhr zwanzig ab und ich hatte noch nicht einmal gefrühstückt. In Windeseile schlüpfte ich in meinen Putzkittel, verzehrte auf die Schnelle eine halbe Tüte Kekse und schlürfte nebenbei einen deutschen Instantkaffee, den ich immer dann trank, wenn es pressierte.

Auf die Minute pünktlich erreichte ich schließlich den Schiffsanlegeplatz und reihte mich in die Schlange der wartenden Passagiere ein, die von Limone aus einen Abstecher nach Malcesine machen wollten. Manche Urlauber drängten auf das Schiff, als hätten sie panische Angst, nicht mitgenommen zu werden, andere blieben bis zur letzten Sekunde seelenruhig auf dem Mauervorsprung der Terrasse des Hotels »All' Azzurro« sitzen, als würde das Schiff niemals ohne sie abfahren.

Ich ging wie meistens während der etwa viertelstündigen Fahrt nach hinten aufs Oberdeck und betrachtete das immer kleiner werdende Limone mit den markanten Überresten der alten Zitronenplantagen. Die aneinandergereihten Pfeiler der Anlagen prägen bis heute das Ortsbild, obwohl nur noch drei Zitronengärten zur Wahrung der Kultur bewirtschaftet wurden und für die Öffentlichkeit zugänglich waren. Von der Seeseite war deutlich zu erkennen, weshalb Limone über ein so mildes Klima verfügte, dass die Zitronenbäume drei- bis viermal im Jahr blühten. Ein mächtiger Felsvorsprung hielt die kalten Winde aus Richtung Norden ab, der Ort lag gut geschützt dahinter an den steilen Hang geschmiegt.

Ich döste ein wenig vor mich hin, bis ich plötzlich drei Polizeiboote nebeneinander auf dem See wahrnahm. Zwei Personen in dunklen Tauchanzügen schienen irgendetwas auf das mittlere Polizeiboot zu hieven, aber ich konnte aus der Entfernung nicht erkennen, was es war. Während ich das Geschehen verfolgte, hatte ich mit einem Mal das Gefühl, beobachtet zu werden. Instinktiv drehte ich mich um und sah einen Mann in blauem T-Shirt und mit dunkler Sonnenbrille ungefähr drei Meter hinter mir, der nun Richtung Malcesine schaute. Dieser Mann war kein Tourist, er trug weder eine kurze Hose mit Socken und Sandalen, noch hatte er einen Rucksack oder einen Fotoapparat dabei. Es gab viele Einheimische, die wie ich zur Arbeit nach Limone fuhren oder aus privaten Gründen zwischen den Orten hin- und herpendelten und die kürzere Überfahrt mit dem Schiff der Straße vorzogen. Trotzdem hatte ich den Eindruck, dass dieser Mann nicht ins Bild der üblichen Passagiere passte.

Wir legten an, und ich stellte mich in die Reihe zum Aussteigen. Der Mann mit der Sonnenbrille stand dicht hinter mir. Als ich wieder festen Boden unter den Füßen hatte, blieb ich stehen und suchte ebenfalls nach meiner Sonnenbrille in der Handtasche. Die vielen Spritz von gestern Abend hatten mich heute etwas lichtempfindlich gemacht. Nachdem ich die Brille aufgesetzt hatte, sah ich mich noch einmal nach dem dubiosen Mann um, aber im Gewimmel der Leute konnte ich ihn nicht mehr entdecken.

Ich ging meinen gewohnten Weg geradeaus in die Via Capitanato, wo ich mich wie jeden Mittwoch über die große Waage gegenüber dem Hotel »San Marco« ärgerte, die ein fieser Mensch dort aufgestellt hatte. Wie konnte man nur Urlaubern und Einheimischen auf diese plumpe Art und Weise ein schlechtes Gewissen machen? Zum Trotz kaufte ich mir ein paar Meter weiter auf dem Corso Garibaldi ein großes hausgemachtes Eis bei »Berti Mariano«, das ich genüsslich schleckte, während ich nach links über die schnuckelige Piazza Vittorio Emanuele schlenderte. Als ich neben dem Ristorante »Aristotele« in die kleine Gasse Vicolo Casella einbog, schob ich das spitze Ende meiner Eiswaffel in den Mund und suchte den Schlüssel zur Wohnung meines Professorenehepaars in der Handtasche. Ich sperrte die hölzerne Haustür auf, ging die Treppen nach oben und öffnete die Wohnungstür.

Mein erster Gang in der Wohnung der Bachmanns führte mich für gewöhnlich zum CD-Player. Frau Professor war ein großer Fan von Adriano Celentano und hatte sämtliche seiner Aufnahmen in der Schublade. Natürlich mochte auch ich Adriano Celentano, weil er mich an meinen eigenen Adriano erinnerte, deswegen putzte ich bei Bachmanns immer mit den Schlagern des berühmten italienischen Sängers als Begleitmusik. Nachdem ich eine CD eingelegt hatte, holte ich die beiden Tafeln Bitterschokolade aus meiner Handtasche und legte sie in den Kühlschrank. Die Bachmanns waren verrückt nach Bitterschokolade. Während ich laut bei »Azzurro« mitsang, füllte ich in der Küche die Gießkanne mit Wasser und ging hinaus auf die unbeschreiblich schöne Dachterrasse, von der aus man einen traumhaften Blick über Malcesines Dächer auf den See hatte. Dann begann ich damit, die Blumen auf der Terrasse zu gießen. Wegen der Pflanzen legten Bachmanns großen Wert darauf, dass ich immer Mittwochs kam, für die übrigen Tage während der Woche hatten sie eine Nachbarin zum Gießen engagiert.

Als ich die größeren Töpfe am Terrassenrand goss, spähte ich wie immer auf der rechten Seite nach unten in den kleinen Innenhof. Ein Geschäft für Naturkosmetik und Heilpflanzen hatte dort seinen Eingang und stellte diverse Artikel auf Tischen und in großen Körben aus. Der Mann mit der Sonnenbrille stand unten im Hof und sah direkt zu mir hoch. Ich erstarrte. Sofort sprang ich einen Satz zurück. Hatte mich der Mann von der Fähre etwa verfolgt? Oder war es doch ein anderer Mann mit Sonnenbrille gewesen, der zufällig nach oben geschaut hatte? Aber er trug ein blaues T-Shirt wie der Mann auf dem Schiff. Mutig beugte ich mich noch einmal über das Balkongeländer und sah hinunter. Von einem Mann in blauem T-Shirt mit Sonnenbrille war weit und breit nichts zu sehen, nur zwei Amerikanerinnen diskutierten laut über die Wirkung der verschiedenen Kräuter in den Körben. Offenbar sah ich schon Gespenster. Der ganze Zirkus um die Bratsche von Gasparo da Salò hatte mir doch etwas zugesetzt. Ich putzte mich durch die vier geräumigen Zimmer, durch die Küche und das Bad und versuchte, nicht mehr an den Mann mit der dunklen Sonnenbrille zu denken.

Als ich mit der Arbeit fertig war, ging ich ins Gästezimmer und setzte mich an den PC. Die Frau Professor war sehr nett und hatte mir einmal angeboten, dass ich den PC benutzen durfte, wenn ich eine wichtige Mail nach Deutschland schicken musste. Bei der Gelegenheit hatte sie auch erwähnt, dass sie eine Flatrate hatten, da der Herr Professor am Wochenende gern stundenlang mit seinem Bruder über den PC Schach spielte. Nun, eine wichtige Mail nach Deutschland hatte ich selten zu verschicken, dafür brauchte ich das Internet regelmäßig als Informationsquelle für andere Dinge.

Ich gab den Namen »Gasparo da Salò« in Google ein und staunte nicht schlecht, dass die Suchmaschine vierzehntausendachthundert Treffer ausspuckte. Interessiert las ich mich durch die verschiedenen Links und erfuhr, dass einige Instrumente des Geigenbauers auch heute noch von namhaften Künstlern gespielt wurden. Da es sich bei den Instrumenten fast ausschließlich um Bratschen handelte, klickte ich mich weiter durch die Websites berühmter Bratschisten, die den Klang ihrer echten »Gasparo da Salò« über alle Maßen lobten.

Plötzlich glaubte ich, mich verlesen zu haben. Ungläubig starrte ich auf den Text vor meinen Augen: Eine Bank, die durch Instrumentenleihgaben preisgekrönte Nachwuchsmusiker unterstützte, hatte einem jungen Wettbewerbssieger eine echte Bratsche von Gasparo da Salò im Wert von zwei Millionen Euro zur Verfügung gestellt. Ich kniff die Augen zusammen, aber die Zahl änderte sich nicht. Mir wurde schlecht. Auf Fabios kleinem Fischerboot lagen unbewacht zwei Millionen Euro herum. Ich hatte zwei Millionen Euro schlampig auf dem Gepäckträger meiner Vespa befestigt und war damit durch halb Limone gefahren! In was für eine verdammt heiße Geschichte war ich da nur hineingeraten! Ich musste schleunigst etwas essen, damit meine Nerven dieser Aufregung standhielten. Mit zitternden Fingern beendete ich das PC-Programm, schloss die Wohnung ab und marschierte zügig durch die Via Casella, vorbei an der Weinbar und weiter nach rechts in die Via Antonio Bottura, wo ich auf der schattigen Terrasse des Restaurants »Mignon« laut ausatmend Platz nahm. Was mein Körper jetzt brauchte, war eine anständige Portion Penne all'arrabbiata.

10

Ich versuchte, mich wieder zu beruhigen. Es wusste doch niemand vom Wert der Bratsche. Und wenn Aldo Farelli davon wusste? Ach was, dafür war er doch viel zu blöd. Und warum war er dann ganz offensichtlich hinter diesem Instrument her? Weil ihm jemand gesagt hatte, was die Bratsche wert war. Aber wer? Otto Simon selbst? Nein, das war eher unwahrscheinlich.

»Ciao, Rosi. Brauchst du die Karte, oder nimmst du Penne all'arrabbiata?«, unterbrach Renato meine Gedankengänge, während er einen Korb mit Brot und einen halben Liter Mineralwasser auf den Tisch stellte. Die korpulente Figur des netten Kellners ließ darauf schließen, dass er auch selbst gern aß.

»Erraten, und einen Viertelliter Weißwein dazu.« Ich bestellte mit möglichst entspanntem Gesichtsausdruck.

»Was gibt's Neues drüben?«, fragte Renato in lockerer Plauderlaune, als er ohne Eile meinen Platz eindeckte.

»Alles normal in Limone.« Während ich Smalltalk machte, kreisten meine Gedanken nach wie vor um die Zahl zwei Millionen.

Ich nahm einen großen Schluck vom frischen kühlen Weißwein und lehnte mich zurück. Spätestens ab Samstag konnte es mir wieder schnurzpiepegal sein, was eine Bratsche von Gasparo da Salò wert war. Und diese zwei, drei Tage würde ich auch noch überstehen.

Während ich ein paar Stücke Brot gegen den gröbsten Hunger aß, kam ein Mann in heller Leinenhose und weißem Hemd in das Restaurant und setzte sich an den Tisch neben mir. Renato schien ihn ebenfalls zu kennen, da er ihn mit Signor Prati ansprach. Ich merkte sofort, dass mich dieser Signor Prati von der Seite musterte.

»Heiß heute«, sprach er mich dann auch prompt an.

»*Sí*«, antwortete ich kurz angebunden auf Italienisch. Der

Mann unternahm anscheinend den aussichtslosen Versuch, bei mir zu landen. Er rutschte mitsamt Stuhl ein wenig nach links, um eine bessere Sicht auf mich zu haben.

»Sind Sie Deutsche?«, fragte er weiter.

»*Sí*«, entgegnete ich wiederum auf Italienisch.

»Das habe ich mir schon gedacht, bei den blonden Haaren.« Großer Gott, war der Mann aber spitzfindig!

Endlich kamen mein Penne all'arrabbiata, über die ich mich mit großem Appetit hermachte. Im »Mignon« wurden sie mit sehr scharfer Salami, schwarzen Oliven, Zwiebeln und Knoblauch zubereitet, eine interessante Variante meiner Leibspeise. Außerdem schätzte ich die Größe der Portionen im »Mignon«, davon wurde sogar ich satt.

Signor Prati neben mir war mit dem Öffnen seiner Muscheln in Weißweinsauce beschäftigt und hatte während des Essens wohl keine Lust, mich weiter anzuquatschen. Ich war mit den Penne fast fertig und tupfte mir ein wenig Soße vom Mund, da sah ich am Ende der Via Dosso vor den Stufen zur Terrasse des »Mignon« den Mann mit dem blauen T-Shirt und der dunklen Sonnenbrille. Er rauchte eine Zigarette. Ich verschluckte mich fast vor Schreck. Der Mann ging ein wenig auf und ab und sah so aus, als würde er auf jemanden warten. Das war doch kein Zufall mehr. Dieser Mann beobachtete mich. Er verfolgte mich geradezu.

»Wie lange bleiben Sie in Malcesine?«, fragte Signor Prati neben mir.

»Bis nach dem Mittagessen«, antwortete ich automatisch.

»Sie haben also nur einen kleinen Ausflug nach Malcesine gemacht. Bestimmt haben Sie die Burg besucht, richtig?«

»Falsch.« Ich war immer noch geschockt über die Entdeckung, dass ich wahrscheinlich verfolgt wurde.

»Da haben Sie aber etwas verpasst. Es wäre mir ein Vergnügen, wenn ich Ihnen nach dem Essen unsere Burg zeigen könnte, Frau …?«

»Wie bitte?«, stammelte ich, weil ich nicht richtig zugehört hatte.

»Ach, Entschuldigung, ich habe mich gar nicht vorgestellt: Mein Name ist Federico Prati, gebürtig und wohnhaft in Malcesine.«

Ganz ruhig bleiben, sagte ich mir. Malcesine war nicht besonders groß, und vielleicht war es ja doch nur Zufall, dass mir dieser Mann heute schon zum dritten Mal begegnet war.

Signor Prati sah mich mit hochgezogenen Brauen an.

»Sie sprechen wohl nicht mit jedem«, meinte er schließlich in leicht gekränktem Ton.

»Entschuldigung, mir ist nur gerade etwas eingefallen. Mein Name ist Rosi Holzwurm, ich wohne in Limone.« Vielleicht wäre es gar nicht schlecht, wenn ich mit diesem Federico Prati auf die Burg ging, dann würde sich jedenfalls herausstellen, ob mich der Mann mit Sonnenbrille tatsächlich verfolgte. Und wenn ja, würde er womöglich wieder abziehen, wenn er merkte, dass ich nicht allein war.

»Und in welchem Hotel sind Sie untergebracht, wenn ich fragen darf?« Signor Prati ließ sich auch durch meine vorherige Unhöflichkeit nicht abschrecken.

»In gar keinem. Ich habe eine Putzagentur in Limone, aber jeden Mittwoch putze ich eine Wohnung in Malcesine. Deswegen trage ich auch gerade Arbeitskleidung.« Nicht dass der Mann glaubte, ich würde immer im Putzkittel durch die Gegend laufen. Ich holte meine Handtasche, die über dem Stuhl hing, und reichte Signor Prati meine Visitenkarte. »Vielleicht kennen Sie jemanden, der für sein Wochenenddomizil eine zuverlässige Putzkraft braucht.«

»Das ist ja interessant. Dann sind Sie sozusagen ausgewandert?«, fragte Signor Prati.

»Wenn Sie es so nennen wollen«, antwortete ich, während ich aus den Augenwinkeln heraus meinen nach wie vor auf und ab gehenden Verfolger beobachtete.

»In dem Fall war mein Vorschlag, Ihnen die Burg zu zeigen, natürlich lächerlich. Wenn Sie hier wohnen, haben Sie die Attraktionen rund um den Gardasee mit Sicherheit alle längst gesehen.«

»Zwar schon, aber als ich im September zum letzten Mal auf der Burg war, war der Turm so überlaufen, dass ich darauf verzichtet hatte, hochzusteigen.« Gisela und ich hatten beim Anblick der langen Warteschlange vor dem Turm beschlossen, diesen Besichtigungspunkt auszulassen.

»Dann erlauben Sie mir doch, Sie auf einen Espresso und anschließend auf eine Turmbesteigung der Burg einzuladen.«

»Aber ich bin noch gar nicht fertig. Ich wollte noch eine Nachspeise essen.« Ohne eine leckere Torte hatte ich dieses Lokal noch nie verlassen, daran würde mich auch Signor Prati nicht hindern.

»Selbstverständlich, ich möchte Sie nicht drängen. Dann nehme ich heute auch eine Nachspeise. Nach was ist Ihnen denn?«

»Ich nehme ein Stück von der Mascarpone-Torte mit den Kirschen oben drauf aus der Vitrine da vorne.« Auf keinen Fall würde ich zulassen, dass er mich darauf einlud. Ich wollte mich dem Mann gegenüber in keiner Weise verpflichtet fühlen, zumal er ohnehin nicht das von mir bekommen würde, was er sich wahrscheinlich erhoffte.

»Dann nehme ich die Apfeltorte daneben«, entschied Signor Prati, winkte Renato herbei und bestellte.

Der Mann hatte es aber eilig. Ich hatte noch nicht einmal meine Penne ganz aufgegessen. Im Eiltempo spießte ich die Nudeln auf die Gabel und sah zu, dass ich fertig wurde, bevor mir Renato aus purem Missverständnis den noch nicht ganz leeren Teller wegnahm.

Die Torte war paradiesisch gut und ließ mich für einen kurzen Moment vergessen, dass der Mann mit der Sonnenbrille immer noch vor dem Lokal herumlungerte.

11

Signor Prati ließ mir auf den Stufen zur Straße hinunter den Vortritt, und so ging ich mit mulmigem Gefühl an dem Mann mit der Sonnenbrille vorbei, der währenddessen in die andere Richtung sah.

»Frau Holzwurm, Sie sind eine gestandene Frau«, bemerkte Federico Prati, als ich schließlich in vollem Umfang neben ihm stand.

»Danke, Signor Prati.« Ich war mir nicht hundertprozentig sicher, ob er das als Kompliment gemeint hatte.

Auch ich konnte Signor Prati nun komplett von vorn sehen. Er hatte eine sportliche Figur und war für einen Italiener ziemlich groß. Irgendetwas störte mich an ihm. Natürlich, es war die protzige Goldkette um den Hals, die bei weit geöffnetem Hemdskragen auf seiner dunklen Haut leuchtete. Ein Mann mit einer dicken Halskette war meiner Meinung nach entweder ein Zuhälter oder ein Herr vom anderen Ufer, der geschmacklich auf den Spuren von Rudolf Moshammer wandelte. Der etwa fünfzigjährige Signore vor mir passte jedoch in keine dieser Schubladen, er wirkte auf mich eher wie ein Gigolo der alten Schule. Galant und charmant, aber trotzdem ein gerissener Herzensbrecher. Mein Herz würde er jedenfalls nicht brechen, er konnte Adriano nicht das Wasser reichen.

Wir schlenderten im Gleichschritt mit den Touristen durch die Gassen in Richtung Burg, während ich ständig gegen das Verlangen ankämpfte, mich umzudrehen. Wenn mein Verfolger immer noch hinter mir her war, sollte er wenigstens nicht ahnen, dass ich ihn bemerkt hatte.

»Sind Sie alleinstehend, Frau Holzwurm?« Signor Prati steuerte direkt auf das Thema zu, das ihn offenbar am meisten interessierte.

»Ich bin nicht verheiratet. Und Sie?«, fragte ich sofort zurück, obwohl ich genau wusste, was nun kommen würde.

»Ich lebe sozusagen getrennt von meiner Frau. Wir wohnen zwar noch zusammen, aber sie lebt ihr Leben, und ich lebe meines. Seit unsere beiden Kinder aus dem Haus sind, haben wir uns nur noch wenig zu sagen. Meine Frau ist Italienischlehrerin an einer Sprachschule und geht jeden Mittag mit ihren Schülern zum Essen, deswegen bin ich untertags immer allein.«

»Das tut mir sehr leid für Sie, Signor Prati.« Ich konnte es mir nicht verkneifen, sein ach so einsames Leben zu kommentieren. »Aber Sie werden doch sicher auch einer Arbeit nachgehen?«

»Ich bin Geschäftsmann«, sagte Signor Prati. »Geschäftsmann« war wenig aufschlussreich.

Wir erreichten die hölzerne Hängebrücke vor der Kasse der Scaligerburg, und Signor Prati zückte sein Portemonnaie.

»Dieses Mal zahle ich«, meinte er entschlossen.

Während sich Federico Prati an der Kasse anstellte, drehte ich mich beiläufig in die Richtung um, aus der wir gekommen waren. Nichts. Entweder ich war wegen der Bratsche schon dermaßen hysterisch, dass ich mir sonst was einbildete, oder mein Verfolger hatte sich von der Anwesenheit von Federico Prati vertreiben lassen. Erleichtert ging ich neben Signor Prati die breite Treppe mit dem alten Kopfsteinpflaster nach oben zum Goethe-Saal, wo er mir unbedingt etwas über die Italienische Reise des berühmten Dichters erzählen musste.

»... und im Jahre 1786 war er genau hier, auf der Burg in Malcesine, und hat diese Skizzen angefertigt ...«

Mein Begleiter packte sein gesammeltes Wissen aus, mit dem er die holde Weiblichkeit wahrscheinlich seit Jahrzehnten beeindruckte. Die Masche »Darf ich Ihnen vielleicht unsere Burg zeigen?« hatte bestimmt schon oft funktioniert.

»Ich habe die Italienische Reise gelesen, Signor Prati«, ließ ich irgendwann fallen, da mir die Erläuterungen zu viel wurden. Als ich den Goethe-Saal durch den anderen Ausgang wieder verlassen wollte, blieb ich abrupt stehen. Der Mann mit der Sonnenbrille stand zwei Meter vor mir und begutachtete das dort aufgestellte Denkmal des Dichters. Also war ich doch nicht hysterisch. Der Mann war hinter mir her, und zwar bestimmt aus anderen Gründen als Signor Prati!

Entschlossen hakte ich meinen selbsternannten Fremdenführer unter, ging mit festen Schritten an meinem Verfolger vorbei und nach links den steilen Weg hoch. Wir überquerten den kleinen Hof mit dem Brunnen und stiegen die gerade Treppe nach oben, die zum Eingang des Turmes führte. Signor Prati setzte noch an, um mir etwas zum Brunnen zu erklären, aber darauf nahm ich keine Rücksicht mehr. Ich wollte dieses Besichtigungsprogramm so schnell wie möglich hinter mich bringen und nach Limone zurückfahren. Dort wollte ich schön langsam zur Bar »Al Porto« vorgehen und Fabio meinen Verfolger zeigen. Fabio würde ihn sicher zur Rede stellen. Allein traute ich mich das nicht.

»Der Turm ist dreißig Meter hoch, es sind hundertvierzehn Stufen«, keuchte Federico Prati hinter mir. Er hatte Mühe, mir zu folgen. »Frau Holzwurm, Sie sind ein Kraftpaket.«

»Danke, Signor Prati«, entgegnete ich höflich und überholte weiter zahlreiche Touristen, die sich über die hundertvierzehn Stufen nach oben kämpften.

Endlich oben angekommen, war ich vom Ausblick so berauscht, dass mir mein Verfolger kurzzeitig vollkommen egal war. Man konnte über die Dächer Malcesines hinweg sowohl weit auf den südlichen als auch auf den nördlichen Teil des tiefblauen Gardasees schauen. Natürlich entdeckte ich gleich Limone auf der anderen Seeseite.

»Es ist phantastisch«, sagte ich, als Signor Prati schwitzend neben mir stand.

»Ja«, sagte er nur und rang nach Atem.

Nachdem ich den Ausblick nach allen Seiten genossen hatte, teilte ich Signor Prati mit, dass ich das Schiff um fünfzehn Uhr siebenundfünfzig erreichen musste, da heute noch eine Ferienwohnung auf meinem Terminplan stünde. Signor Prati nickte und begleitete mich wortkarg bis zum Hafen hinunter. Mein Verfolger hatte wie vermutet am Ausgang der Burg gewartet und sich dann wieder an meine Fersen geheftet.

»Darf ich Ihnen meine Karte geben, Frau Holzwurm?«, fragte Signor Prati, bevor wir uns verabschiedeten. »Ich würde Sie gern einmal zum Essen einladen.«

»Wir könnten auch auf den Monte Baldo steigen«, sagte ich, um ihn abzuschrecken, damit er von einer weiteren Kontaktaufnahme mit mir absah.

»Es wird mir eine Ehre sein, Ihnen unseren Monte Baldo zu zeigen«, sagte er prompt. Den hatte er also auch im Programm.

Ich ging auf das Schiff und setzte mich auf den nächstbesten, freien Platz im Innenbereich, mein Verfolger blieb neben dem Ausgang stehen. Die meisten Leute drängten auf das Oberdeck, damit sie ihre Fotos nicht durch die verschmierten Scheiben schießen mussten. Als ich die Visitenkarte von Federico Prati in meine Handtasche stecken wollte, las ich unter seinem Namen in Deutsch, Englisch und Italienisch: »Antiquitäten, Raritäten, Kunst«. Des Weiteren waren ein Büro in Malcesine und ein Antiquitätengeschäft in Rovereto angegeben. Vielleicht traf ich Signor Prati wieder einmal zufällig im »Mignon«, aber bei ihm melden würde ich mich mit Sicherheit nicht. Mein einziges Interesse galt Adriano.

Das Schiff legte in Limone an, und ich stieg aus. Dieses Mal achtete ich selbst darauf, dass mich mein Verfolger nicht aus den Augen verlor, sonst konnte ich ihn Fabio nicht präsentieren. Langsam spazierte ich zur Bar vor und ging hinein, natürlich nicht, ohne vorher einen Blick auf das leise schaukelnde Zwei-Millionen-Euro-Boot zu werfen.

»Ciao, Rosi, alles okay?«, fragte Fabio in überraschtem Tonfall. Ich war noch nie am Nachmittag bei ihm aufgetaucht.

»Nein. Ich werde schon den ganzen Tag von dem Mann mit der Sonnenbrille da drüben verfolgt.« Ich machte eine vorsichtige Kopfbewegung Richtung Ufermauer, auf die sich mein Verfolger nun gesetzt hatte.

Fabio blickte ungläubig zu dem Mann hinüber und stöhnte. »Ich hab's ja gewusst! Das ist Dino Farelli, der Neffe von Aldo. Rosi, du hast dich da in eine Sache verstrickt, die nicht gut für dich ist. Bleib hier, ich rede mit ihm.« Ohne meine Zustimmung abzuwarten, ging er auf Dino Farelli zu. Der sprang sofort auf, als er Fabio auf sich zukommen sah. Fabio redete auf ihn ein, während sich Dino Farelli gestenreich über irgendetwas aufregte. Nach wenigen Minuten zog er ab, ohne sich auch nur noch ein einziges Mal nach mir umzudrehen.

»Was hat er gesagt?«, fragte ich Fabio.

»Er hat alles abgestritten.« Fabio wich meinem Blick aus, als wolle er seine Gedanken vor mir verbergen. »Aber immerhin weiß er jetzt, dass du ihn bemerkt hast. Und er weiß, dass ich seine Beschattungsversuche auch registriert habe. Ich glaube nicht, dass er dich noch mal belästigen wird.«

Fabio bereitete uns zwei Espressi, die wir schweigend im Stehen tranken.

»Rosi, warum hat dich Dino Farelli verfolgt?«, fragte er schließlich ganz ruhig.

»Ich weiß es nicht.« Die Lüge kam mir mit fürchterlich schlechtem Gewissen über die Lippen. Natürlich wusste ich es. Nachdem ich erfahren hatte, dass es sich bei meinem Verfolger um Dino Farelli handelte, war mir sofort klar, dass sein Onkel ihn auf mich angesetzt hatte. Aldo Farelli glaubte, dass er durch mich etwas über den Verbleib der Bratsche erfahren könnte. Wenn er wüsste, wie richtig er damit lag, würde er mich wahrscheinlich kidnappen und solange Rotwein aufwischen lassen, bis ich ihm das Versteck der Bratsche verriet.

»Na schön, wenn du nicht mit mir darüber reden willst, kann ich dich nicht zwingen. Ich muss wieder raus«, sagte Fabio pampig, warf den Kopf in den Nacken und zog beleidigt ab. Traurig sah ich ihm nach. Dass die Freundschaft zwischen Fabio und mir in dieser vertrackten Situation litt, war das Letzte, was ich gewollt hatte, aber was sollte ich bloß tun?

Zwei alte Männer kamen in die Bar, stellten sich neben mich und bestellten zwei Grappa. Obwohl einer der beiden stark nuschelte, verstand ich, worüber sie sprachen: Man hatte heute Vormittag einen toten Mann aus dem See gezogen. Das war also die Szene mit den Polizeibooten und den Tauchern, die ich vom Schiff aus beobachtet hatte. Der nuschelnde Mann vermutete, dass wieder einmal ein ungeübter Surfer die starken Winde unterschätzt hatte und irgendwo gegen die Felsen geflogen war. Die beständigen Winde vor dem Ort Torbole an der Nordspitze des Gardasees zogen Surfer aus aller Welt an. Manchmal fühlten sich jedoch auch blutige Anfänger dazu animiert, diese Sportart auszuprobieren, was nicht selten mit bösen Unfällen endete. Ich trank meinen Espresso aus. Es könnte natürlich auch ein Selbstmörder gewesen sein, der nicht wollte, dass man seine Leiche findet. Im tiefen Gardasee könnten einige Leichen liegen, die nie gefunden wurden.

12

Die Ferienwohnung in der Via Tovo war ziemlich stark verschmutzt. Die Küche machte den Eindruck, als sei hier täglich eine Fußballmannschaft bekocht worden. Die notdürftige Reinigung hatte sich wohl nur auf das Spülen des Geschirrs und der Töpfe beschränkt. Der Herd und die Arbeitsflächen waren mit Soßenspritzern und klebrigen Flecken übersät. Sämtliche Mülleimer der Wohnung und sogar der Abfalleimer im Bad waren randvoll mit leeren Bierdosen gefüllt, die einen abgestandenen Kneipengeruch verbreiteten. Schwitzend schuftete ich mich durch die Wohnung, bis ich endlich nur noch den Boden wischen musste, da klingelte mein Handy. Erschöpft ging ich auf die Terrasse, ließ mich auf einen Liegestuhl fallen und hob ab.

»Na endlich«, tönte die Stimme meiner Schwester aus dem Hörer.

»Hi, Johanna, was gibt's Neues in München?«, fragte ich.

»Es regnet«, berichtete sie, als handle es sich dabei um eine Sensation.

»Bei mir nicht, ich liege gerade bei dreißig Grad in der Sonne.« Ich ließ es mir nicht nehmen, sie neidisch zu machen.

»Drum werden wir dich auch nächste Woche besuchen«, teilte sie mir mit.

»Was?«, rief ich und sprang von meinem Liegestuhl hoch. Weder meine Schwester noch meine Eltern hatten sich bisher bei mir in Limone blicken lassen, obwohl Johanna bestimmt vor Neugierde platzte.

»Freude klingt anders«, stellte sie fest.

»Nein, nein, natürlich freue ich mich, aber du weißt, dass ich nebenher arbeiten muss.«

»Dann putzt du eben etwas schneller«, schlug Johanna vor.

»Und meine Wohnung ist zu klein für drei Erwachsene und zwei kleine Kinder.«

»Keine Sorge, wir wohnen im Hotel«, beruhigte mich Johanna.

»Wunderbar! Ich werde euch selbstverständlich die schönsten Plätze von Limone zeigen und euch meine kulinarischen Geheimtipps verraten«, sagte ich nicht ohne Stolz auf meine neue Heimat.

»Aber mein Hans-Dieter verträgt doch keine Penne all'arrabbiata.« Ich hatte ganz vergessen, dass ihr Mann scharfes Essen verabscheute.

»Wir werden schon etwas für ihn finden«, meinte ich und verdrehte dabei die Augen, was Johanna zum Glück nicht sehen konnte.

»Wir bringen übrigens eine Überraschung für dich mit«, flüsterte sie geheimnisvoll.

»Eine Überraschung?«, fragte ich. Die Überraschungen meiner Schwester waren seit jeher mit Vorsicht zu betrachten.

»Oh ja.« Offenbar wollte sie mich auf die Folter spannen.

»Jetzt hast du mich aber neugierig gemacht. Kannst du mir denn nichts verraten?«, bohrte ich weiter.

»Es ist eine Person«, sagte sie.

»Nein«, rief ich.

»Doch«, antwortete sie wie aus der Pistole geschossen.

»Pah, er kommt sowieso nicht, oder hast du vergessen, dass Limone in Italien liegt?« Nach dem ersten Schock war ich schon wieder entspannt.

»Was wetten wir?«, fragte meine Schwester in siegessicherem Ton.

»Johanna, wenn du es wagen solltest, meinen Exverlobten hier anzuschleppen, dann sind wir geschiedene Leute, hast du mich verstanden!« Ich wurde laut. Was fiel meiner Schwester ein, derart in mein Leben einzugreifen?

»Ich habe mir die Finger wund gewählt, um deinen Zukünftigen fast freiwillig über die Alpen zu zerren, also sei mir gefälligst etwas dankbarer«, polterte Johanna los. »Nach zig endlosen Telefonaten habe ich ein Hotel gefunden, in dem er drei verschiedene Sorten Weißbier zur Auswahl hat und wo es zweimal am Tag frische Brezen und ofenfrischen Leberkäs gibt. Außerdem hängen sie eine bayerische Fahne auf seinen Balkon, und er bekommt alle Münchener Tageszeitungen zum Frühstück. Und sie stellen sogar extra die Antenne neu ein, damit er auf seinem Zimmer das Bayerische Fernsehen herbringt.«

»Johanna, kannst du nicht verstehen, dass ich mir meinen Mann selber aussuchen will?«, unterbrach ich sie.

»Ich habe Leopold klargemacht, dass er dich holen muss, wenn er dich zurückhaben will«, plapperte sie weiter, ohne überhaupt auf meinen Einwurf einzugehen.

»Johanna!«, brüllte ich ins Telefon. »Ich will Leopold nicht mehr!«

Sie hielt inne und schwieg einen Moment, dann änderte sie ihre Taktik und schluchzte mit theatralischen Pausen: »Mutti hat letzte Woche die Frau Obermeier getroffen. Und die Obermeier hat gefragt ... wie es dir in deiner neuen Anwaltskanzlei in Italien gefällt. Und du weißt doch, dass Mutti nicht lügen kann ... Es muss so schrecklich für sie gewesen sein!«

Ich atmete mehrmals tief durch, bis ich endlich wieder ruhig war. »Johanna, bitte erspare Leopold diese Enttäuschung«, sagte ich mit fester Stimme und legte auf. Warum konnte meine Familie einfach nicht akzeptieren, dass ich mein Leben so leben wollte, wie es mir gefiel?

Trotzig füllte ich heißes Wasser in meinen Putzeimer und wischte den Boden der Ferienwohnung.

Gegen halb acht Uhr sperrte ich müde die Haustür auf und stieg mit schweren Beinen die Treppen zu meiner Wohnung hoch. Meinen Sprint auf den Turm der Burg von Malcesine würde ich mit einem Muskelkater bezahlen müssen, das zeichnete sich jetzt schon ab. Auf halber Strecke kam mir Signora Bruna entgegen.

»*Buona sera*, Rosi, ich habe schon auf der Terrasse gedeckt. Es gibt genug für zwei. Sie essen doch mit mir?«

»Ah, Signora Bruna, Sie sind ein Engel. Ehrlich gesagt hängt mir der Magen bis zu den Knien.«

Signora Bruna lächelte zufrieden und ging wieder hinunter in ihre Küche. Ich duschte und zog mir ein vorteilhaftes Stretchkleid an, das in der Taille wunderbar flexibel war. Beim Schließen des Reißverschlusses merkte ich allerdings, dass die Flexibilität bald an ihre Grenzen stieß.
»Rot oder weiß?«, rief ich in die Küche hinunter.
»Weiß«, ließ mich Signora Bruna wissen.
Ich holte eine Flasche Custoza aus meinem Kühlschrank und ging auf die Dachterrasse. Da mich Signora Bruna so oft zum Essen einlud, versuchte ich mich wenigstens dadurch zu revanchieren, dass ich jedes Mal den Wein zum Essen mitbrachte.
Während wir uns die in Zwiebeln und Essig eingelegten Sardellen schmecken ließen, erzählte mir Signora Bruna, was sie gestern Abend alles in Pieve di Tremosine bei der Schwiegermutter ihrer Tochter erlebt hatte. Alessandras Schwiegermutter hatte Signora Bruna angewiesen, ihren gesamten Schmuck mitzubringen, da ein befreundeter Juwelier aus Gargnano kommen und den Schmuck zum Reinigen mitnehmen würde. Als Signora Bruna im Haus von Alessandras Schwiegermutter angekommen war, hatte das halbe Dorf mit Schmuckschatullen auf dem Schoß im Wohnzimmer der alten Dame gesessen und auf den Juwelier aus Gargnano gewartet, der sich jedoch verspätete. Weil den Damen langweilig wurde, räumten sie ihre Schatullen aus und zeigten sich gegenseitig ihre Erbstücke und Schätze, bis keiner mehr wusste, wem was gehörte. Nachdem der Juwelier endlich angekommen war, dauerte es eine geschlagene Stunde, bis die Damen die Ohrringe, Broschen und Ketten wieder auseinanderklamüsert und in die richtigen Schatullen zurückgelegt hatten.
Amüsiert hörte ich zu. »Lauter wehrlose Damen und ein Haufen Schmuck in der Mitte«, sagte ich dann. »Ihr Damenkränzchen wäre ein Glücksfall für Einbrecher gewesen.«
»Was heißt hier wehrlos? Wir waren zu neunt«, verteidigte Signora Bruna die Runde. »Außerdem wusste ja niemand außer uns von der Sache.«

Signora Brunas Worte beruhigten mich indirekt ein wenig. Von der kostbaren Fracht auf Fabios Boot wusste schließlich auch niemand etwas.

Die hausgemachten Tagliatelle mit Hühnerleber und Trüffeln waren eine Offenbarung. Aber trotz meines gesegneten Appetits fiel es meiner Vermieterin auf, dass ich heute Abend etwas wortkarg war.

»Irgendetwas bedrückt Sie doch, Rosi. Hat Ihnen Adriano vielleicht sein wahres Gesicht gezeigt?«, fragte sie.

»Mit Adriano hat es überhaupt nichts zu tun, Signora Bruna«, widersprach ich. »Meine Familie in München nervt mich, dass ich wieder zurückkommen soll. Und dann gibt es noch eine Angelegenheit, in der ich nicht weiß, ob ich mich richtig verhalten habe. In drei Tagen werde ich Ihnen alles erzählen.«

Der Wein, die Lammkoteletts mit Tomaten und Oliven und das anschließende Melonen-Sorbet lockerten meine Zunge dann doch ein wenig, sodass ich Signora Bruna von den Annäherungsversuchen Federico Pratis erzählte.

»Da können Sie gleich bei Adriano bleiben, obwohl Adriano kein Mann für Sie ist.« Natürlich konnte sie es nicht lassen, wieder einmal meinen Adriano schlechtzumachen. Da ich aber wusste, dass sie es nur gut meinte, schluckte ich eine Antwort hinunter.

Wir räumten gemeinsam auf, dann ging ich nach oben und schminkte mich. Eine halbe Stunde lang versuchte ich vor dem Spiegel, mir so eine Hochsteckfrisur wie der blonde Feger gestern Abend zu verpassen. Das Ergebnis sah jedes Mal aus wie der Schiefe Turm von Pisa. Schließlich gab ich entnervt auf. Verärgert über mich selbst, dass ich so viel Zeit sinnlos vergeudet hatte, ging ich endlich hinunter zur Bar »Al Porto«.

13

Es war immer noch sehr warm, obwohl es bereits auf elf Uhr zuging. Verdammt, hatte ich nicht soeben einen Donner gehört? Das wäre natürlich der Supergau, wenn es in den nächsten Tagen zu einem Gewitter mit Wolkenbruch kommen würde. Nach heftigen Regenfällen stand das Wasser oft knöcheltief in den kleinen Fischerbooten am Hafen, und ich hatte keine Ahnung, wie wasserdicht der Stauraum in Fabios Boot war.

Die warme Luft hatte viele Urlauber noch mal zu einem späten Spaziergang in die Altstadt bewogen, sodass es zuging wie nach einem der berühmten Feuerwerke, die die Stadt Limone regelmäßig für ihre Touristen über dem See darbot. Während ich gerade an der Bank mit dem prächtigen venezianischen Balkon vorbeiging, klingelte mein Handy in der Handtasche. Wer wollte um diese Uhrzeit etwas von mir?

»Guten Abend, Frau Holzwurm, ich hoffe, Sie sind noch nicht zu Bett gegangen«, sagte eine Stimme, die ich nicht sofort zuordnen konnte.

»Wer spricht denn da?«, fragte ich.

»Federico Prati«, erklang es aus dem Hörer.

Natürlich, mein gebildeter Fremdenführer! »Signor Prati, ich bin zwar noch nicht im Bett, aber es ist doch reichlich spät für ein Schwätzchen«, meinte ich.

»Ich wollte Sie nicht stören, aber ich sitze gerade in Limone in der Bal »Al Porto« und denke an Sie. Haben Sie nicht Lust, auf einen Sprung vorbeizukommen? Ich würde Sie gern auf einen Drink einladen.«

Der Gigolo aus Malcesine war hartnäckiger, als ich angenommen hatte.

»Ich bin sowieso auf dem Weg zur Bar »Al Porto«, aber ich sage Ihnen gleich, dass ich nicht viel Zeit habe.« Das fehlte noch, dass mir dieser alternde Casanova zu Adriano hinterherdackelte. Ich würde ihm jetzt kerzengerade ins Gesicht sagen, dass er bei mir keine Chance hatte. Als ich um die Ecke bog, sah ich ihn auch schon sitzen. Wie ich hatte er sich ebenfalls umgezogen und trug jetzt eine blaue Jeans und ein hellblaues Hemd. Lächelnd winkte er mir zu.

»Guten Abend«, sagte ich förmlich, als ich mich an seinen Tisch setzte.

»Ich freue mich, dass Sie gekommen sind. Sie sehen phantastisch aus, Frau Holzwurm.« Prati ging natürlich gleich mit einem Kompliment in die Offensive, wobei mir mein Stretchkleid wirklich gut stand.

Fabio fiel die Kinnlade nach unten, als er mich zusammen mit Signor Prati am Tisch sitzen sah.

»Ich habe mir schon ein Glas Wein bestellt. Was möchten Sie trinken?« Signor Prati bemühte sich wirklich hartnäckig um mich.

»Man weiß hier, was ich trinke«, meinte ich kurz. »Signor Prati, nur damit Sie Bescheid wissen: Ich bin zwar nicht verheiratet, aber vergeben. Ich möchte nicht, dass es zwischen uns zu Missverständnissen kommt.«

Fabio stellte meinen Spritz auf den Tisch und sah mich fragend an. Anscheinend fand er, dass ich ihm meine Begleitung vorstellen sollte.

»Das ist Federico Prati. Ich habe ihn heute Mittag in Malcesine kennengelernt«, sagte ich, worauf Signor Prati grüßend nickte.

Fabio murmelte ein »*Buona sera*« und verschwand in der Bar.

»Frau Holzwurm, ich wollte Sie nicht belästigen, aber ich habe selten eine so bemerkenswerte Frau wie Sie kennengelernt.« Signor Prati nahm meinen Korb mit einer rhetorisch geschickten Kurve. »Deswegen möchte ich gern mit Ihnen in Kontakt bleiben.«

»Hauptsache Sie wissen, woran Sie sind«, entgegnete ich.

»Erzählen Sie doch mal. Was ist das für ein Kundenkreis, für den Sie Wochenendwohnungen putzen? Das müssen doch alles sehr interessante Leute sein, die sich eine Zweitwohnung am Gardasee leisten.«

»Das sind sie. Man könnte sogar sagen, dass einer meiner Kunden eine prominente Persönlichkeit ist, aber die Diskretion verbietet es mir natürlich, seinen Namen zu nennen.«

»Natürlich, nichts anderes habe ich von Ihnen erwartet.« Signor Prati trank einen Schluck von seinem Wein.

»Woher sprechen Sie denn so gut Deutsch, Signor Prati?«, wollte ich wissen.

»Ich stamme aus einer Hoteliersfamilie, ich bin mit deutschen Gästen groß geworden. Außerdem habe ich viele deutsche Kunden.«

»Und was sind das für Antiquitäten, die Sie verkaufen?«

»Alles, was selten, gut und teuer ist«, erklärte er, während er sich zurücklehnte und den Blick die steile Felswand hinaufwandern ließ, an der die bunten Häuser klebten. »Wenn Sie etwas in der Art haben, das Sie verkaufen wollen, brauchen Sie sich nur an mich zu wenden.«

Mir wurde unwohl. Weshalb hatte er das gesagt? Wusste Signor Prati etwa ebenfalls von der Bratsche? Hatte er mich nur deswegen angesprochen? Auf einmal fiel es mir wie Schuppen von den Augen. Signor Prati war nicht hinter mir her, sondern hinter der Bratsche, die wenige Meter neben uns im Boot lag!

»Ich habe definitiv nichts, was ich verkaufen möchte«, sagte ich, dann blickte ich demonstrativ auf die Uhr. »Es tut mir leid, aber ich muss jetzt gehen. Also nochmals vielen Dank für die Einladung. Man sieht sich.«

Ich verabschiedete mich so locker wie möglich und lief mit flotten Schritten zu Adrianos Ristorante. Dort steuerte ich meinen Barhocker an, setzte mich und atmete tief durch. Wie hatte dieser Federico Prati von der Bratsche erfahren? War er mit Otto Simon bekannt? Oder womöglich sogar mit Aldo Farelli?

»Ciao, Rosi. Was ist passiert?«, fragte Adriano, der heute in seiner weißen, eng sitzenden Jeans besonders sexy aussah. Mein Liebster merkte natürlich sofort, dass ich etwas durch den Wind war.

»Ich hatte gerade eine Unterredung mit einem hartnäckigen Verehrer«, sagte ich, auch in der Absicht, ihn etwas eifersüchtig zu machen.

»Welcher Verehrer?«, wollte er auch sogleich wissen.

»Ein Typ aus Malcesine.« Mehr verriet ich nicht. Sollte er sich ruhig ein paar Gedanken machen, wie er mich weiterhin bei Laune halten wollte.

Adriano servierte mir meinen Spritz, und ich sah ihm tief in die Augen.

»Adriaaahno, wann können wir endlich wieder mit deinem Boot rausfahren?«, fragte ich mit einem sinnlichem Wimpernaufschlag.

»*Adriano! Il conto per tavolo nove!*«, pfiff Carlotta meinen Liebsten bei Fuß, und schon war er wieder weg.

Ich sah mich im Lokal um und stellte erleichtert fest, dass die beiden blonden Feger heute nicht da waren. Meine Gedanken schweiften zurück zu dem aufschlussreichen Treffen von vorhin. Nun gab es schon zwei Männer, denen ich aus dem Weg gehen musste: Aldo Farelli und Federico Prati. Ob Otto Simon geahnt hatte, was er mir da für eine schwierige Aufgabe übertragen hatte? Ob er überhaupt noch am Leben war? Ich beschloss, mich zum Ende des Tages lieber um mein vor sich hin dümpelndes Liebesleben zu kümmern.

»Adriano«, sagte ich, als mein Angebeteter wieder in der Bar stand, »ich habe eine wunderbare Idee. Ich werde morgen etwas Schönes für uns kochen, und dann machen wir ein romantisches Picknick auf dem See. Um neun Uhr wirst du deiner Frau sagen, dass du Kopfschmerzen hast, und dann erwarte ich dich am alten Hafen.«

»Rosi, du weißt doch, dass ich nur kommen kann, wenn wenig los ist«, antwortete er.

»Aber vorgestern war viel los, und da hattest du auch Kopfschmerzen.«

»Adriano! *Due Ramazotti!*« Schon wieder wurden wir unterbrochen.

»Na schön, ich werde es versuchen«, sagte mein Liebster mit einem Blick, der mir die Knie weich werden ließ.

Voller Vorfreude trank ich meinen Spritz und überlegte, was ich in der gigantischen Küche von Waldemar König für Leckereien für uns zubereiten würde. Gegen halb eins verließ ich das Ristorante und warf Adriano noch einen verschwörerischen Blick zu, worauf er mir in seiner unnachahmlichen Art zuzwinkerte.

Glücklich marschierte ich durch die mittlerweile ziemlich ruhigen Gassen von Limone nach Hause. Einige Hundebesitzer machten mit Vierbeinern einen nächtlichen Rundgang, und die wenigen Touristen, die noch unterwegs waren, suchten gemächlich ihre Hotels auf. Als ich in der Via Castello meinen Schlüssel ins Schloss der Haustür steckte, bemerkte ich ein zusammengefaltetes weißes Blatt Papier, das auf dem Gepäckträger meiner Vespa vor dem Haus befestigt war.

Ich nahm es ab und ging damit in meine Wohnung. Nachdem ich das Licht eingeschaltet hatte, faltete ich den Zettel auseinander und las den italienischen Text: »*Lei ha rubato una cosa dall' appartamento di Signor Simon. La riporti fino a domani sera, altrimenti La devo costringere in un modo molto spiacevole!*«

Das war eine Drohung! Langsam übersetzte ich die beiden Sätze noch einmal: »Sie haben etwas aus der Wohnung von Herrn Simon gestohlen. Bringen Sie es bis morgen Abend zurück, oder ich muss Sie auf sehr unangenehme Art dazu zwingen.« Der Brief war mit Kugelschreiber in Druckbuchstaben verfasst. Aldo Farelli! Wer sonst würde mir einen italienischen Drohbrief schreiben? Nachdem er meine Visitenkarte bei Otto Simon mitgenommen und herausgefunden hatte, dass die Putzagentur Holzwurm nur aus mir selbst bestand, vermutete er nun bestimmt, dass entweder ich oder Otto Simons unbekannte Freundin aus dem Whirlpool die Bratsche gestohlen hatte.

Ich überlegte. Eigentlich war diese Drohung nur ein Schuss

ins Blaue. Farelli wollte mich einschüchtern, falls ich die Bratsche tatsächlich hatte. Genauso gut konnte es allerdings sein, dass ich keine Ahnung hatte, wovon er sprach, weil sich die Bratsche im Besitz eben dieser ominösen, badenden Freundin von Herr Simon befand.

Ich ging zur Schublade, in der ich Schreibzeug aufbewahrte, und holte einen roten Zettel und einen Kugelschreiber heraus. »Non capisco niente«, schrieb ich in Druckbuchstaben, faltete den Zettel zusammen und ging nach unten. Die spärlich beleuchtete Via Castello war absolut menschenleer. Ich klemmte den roten Zettel auf meinen Gepäckträger und ging zurück in meine Wohnung. Wollten wir doch mal sehen, ob Aldo Farelli eine Nachtschicht einlegte.

14

Am nächsten Morgen blinzelte wie fast jeden Tag die Sonne in mein Zimmer. Das drohende Gewitter hatte sich wohl verzogen, ich wäre sonst mit Sicherheit aufgewacht. Mit Elan stand ich auf, öffnete das Fenster und blickte auf den zauberhaft glänzenden Gardasee, auf dessen Oberfläche sich silbern die Sonne spiegelte. Eine Mischung aus Blumen- und Kaffeeduft stieg mir in die Nase, untermalt von den temperamentvollen Unterhaltungen, die aus den geöffneten Nachbarfenstern drangen. Irgendwo pfiff jemand »O sole mio« vor sich hin, und ein kleines Kind wollte lieber Eis als Cornflakes zum Frühstück haben. Voller Vorfreude dachte ich an heute Abend. Endlich würde mein Adriano wieder mir allein gehören. Ich malte mir bereits romantische Details unserer Liebesnacht aus, als mir der Drohbrief von gestern Abend einfiel. Schnell schlüpfte ich in meinen Putzkittel und lief nach draußen. Tatsächlich, mein roter Zettel an der Vespa war verschwunden. Beruhigt, dass Aldo Farelli nun wahrscheinlich eher vermutete, dass die Freundin von Otto Simon die Bratsche hatte, ging ich nach oben und frühstückte.

Eine halbe Stunde später knatterte ich frisch gestärkt auf meiner Vespa die steile Via Caldogno nach oben, vorbei an diversen großen Hotelanlagen, bog nach links in die Via Foi ab und hielt vor dem Supermarkt neben der Olivenölmühle.

Hier wurden nur Produkte aus der Region verkauft, insbesondere natürlich alles, was aus der Ölmühle von nebenan kam. Meine Frau Dr. Ewald hatte mich gebeten, zwei Gläschen von der leckeren Olivenpaste für sie zu besorgen, die man wunderbar auf geröstetem Weißbrot als Vorspeise essen konnte. Da ich schon mal hier war, nahm ich gleich noch einen extra trockenen Spumante classico aus der Franciacorta und ebenfalls zwei Gläschen grüne und schwarze Olivenpaste für mich selbst mit. Ich liebte diesen Laden, besonders angetan hatten es mir die vielen verschiedenen Essig- und Ölsorten, in denen zum Teil Früchte oder Kräuter eingelegt waren. Es würde Jahre dauern, bis ich mich durch all diese Köstlichkeiten durchgetestet haben würde. Ich verstaute die Waren in meinem Rucksack und fuhr die Via Foi wieder zurück und weiter bis zur Via Milanesa, in der die Frau Doktor aus Starnberg ihre Zweitwohnung hatte. Meine Kundin war eine Herzspezialistin und galt in ihrem Fach als Koryphäe. Sie war Mitte fünfzig und ledig. Offenbar arbeitete sie in Starnberg so viel, dass sie nicht einmal Zeit gefunden hatte, sich einen Mann zu suchen.

Ich hielt mein Lenkrad fest und holperte weiter steil nach oben über das alte Kopfsteinpflaster. Die Via Milanesa war ein alter Eselsweg, der heute jedoch als normale Straße benutzt wurde. Hoffentlich flog mir nicht gleich der Korken des Spumante in meinem Rucksack um die Ohren bei diesem Schütteltransport. Wie immer kläffte mich der Hund an, der im letzten Haus vor meinem Ziel im Garten hockte und nur auf mich zu warten schien. Vorbei an der alten Zitronenplantage auf der anderen Seite fuhr ich durch den steinernen Torbogen, der mit dem Haus verbunden war, in der Frau Doktor ihre Dachwohnung hatte. Ich stellte die Vespa auf dem Parkplatz hinter dem Gebäude ab und betrat das apricotfarbene Haus. Im dritten Stock sperrte ich die Wohnungstür der Frau Doktor auf und betrat ihre elegante Ruheoase.

Nur wer keine Kinder und weder Hunde noch Katzen hatte, konnte sich so eine luxuriöse weiße Designercouchgarnitur in die Wohnung stellen. Die ganze Einrichtung könnte man sofort für eine dieser edlen Wohnzeitschriften fotografieren, alles war perfekt und luxuriös durchgestylt. Allein die Küche wurde von der meines Schreiberlings locker übertrumpft. Ich holte die beiden Gläser mit der Olivenpaste und zwei kleine Fläschchen Campari-Soda aus meinem Rucksack und deponierte alles im Kühlschrank. Frau Doktor schätzte es sehr, wenn sie gleich nach der Ankunft den grandiosen Ausblick von ihrem Balkon mit einem kühlen Drink genießen konnte. Sie liebte klassische Musik ohne Gesang, deswegen hörte ich meistens Solo-Konzerte für ein Streichinstrument und Orchester während der Arbeit. Mal sehen, was ich heute einlegen wollte.

Gemütlich ging ich die CD-Sammlung durch. D-Dur-Konzert von Franz Anton Hoffmeister für Viola, Suiten von Johann Sebastian Bach für Viola, Kammermusik von Robert Schumann für Viola ... Mensch, das waren alles Werke für Bratsche, schoss es mir da durch den Kopf. Viola war ein anderes Wort für Bratsche. Dass ich das nie bemerkt hatte. Wahrscheinlich hatte ich rein zufällig zwischendurch immer mal wieder ein Cello- oder Violinkonzert erwischt, deswegen war mir nie aufgefallen, dass die meisten CDs von Frau Doktor Werke für Bratsche waren. Ob da wohl jemand auf einer Gasparo da Salò spielte? Nein, die Zeit hatte ich nicht, dass ich jetzt sämtliche CD-Hefte durchgehen konnte. Ich entschied mich für einen jungen Bratscher mit dem Namen Nils Mönkemeyer, von dem Frau Dr. Ewald gleich mehrere CDs hatte, und begann die Regale abzustauben.

So eine Bratsche erzeugte wirklich einen schönen Klang. Nicht ständig so hoch wie eine Geige, wodurch das Zuhören etwas weniger anstrengend wurde. Ich putzte mich durch die Wohnung und schwelgte in der wunderbaren Musik, die aus den Boxen kam. Schade, dass ich keinen tragbaren CD-Player besaß. Eine musikalische Untermalung würde mein Tête-à-Tête mit Adriano am Abend auf dem See noch romantischer machen.

Als ich mit der Arbeit fertig war, zog ich meinen Putzkittel aus, holte ein T-Shirt, eine kurze Sporthose und Turnschuhe aus dem Rucksack und schwang mich auf den Crosstrainer im Schlafzimmer meiner Frau Doktor. Unter einer halben Stunde war heute nichts drin, schließlich wollte ich am Abend eine straffe Figur haben. Wenn ich schon zu viele Pfunde auf den Rippen mit mir herumschleppte, sollten sie wenigstens fest und an den richtigen Stellen sitzen. Entschlossen kämpfte ich gegen den Muskelkater in meinen Beinen an und schwitzte, was das Zeug hielt. Nach exakt dreißig Minuten stieg ich ab und ging fix und fertig auf den Balkon, um mich an der frischen

Luft zu erholen. Die Dame aus der Wohnung unter mir saß ebenfalls auf dem Balkon und telefonierte.

Frau Doktor hatte mir einmal erzählt, dass eine Bewohnerin dieses Hauses eine der knapp fünfzig Personen war, die das sogenannte Apolipoprotein A-1 Milano in sich trugen. Das Protein sorgte dafür, dass Fette mit großer Geschwindigkeit von den Arterien zur Leber transportiert und von dort aus ausgeschieden wurden, und schützte seine Träger so effizient vor Herzinfarkt und Arteriosklerose. Dieses besondere Gen war nur bei einigen Menschen aus Limone zu finden, weil alle Genträger von ein- und demselben Paar aus Limone abstammten, das in der ersten Hälfte des siebzehnten Jahrhunderts geheiratet hatte. Durch die Isolation der zwischen Berge und See eingeschlossenen Ortschaft hatte sich das Gen in Limone immer weiter vererbt und verbreitet. Da Limone erst mit dem Bau der Gardesana-Straße im Jahre 1932 für die Welt zugänglich gemacht wurde, waren die Limoneser bis zu diesem Zeitpunkt unter sich geblieben. Ob man als Träger dieses Gens weniger schnell zunahm, wenn das Fett schneller im Körper transportiert wurde? Keine Ahnung, meine urbayerischen Gene verfügten jedenfalls nicht über einen solchen Mechanismus.

Ich fächelte mir mit der Hand Luft zu und lehnte mich an das Geländer. Der Balkon im zweiten Stock war etwas geräumiger und anders geschnitten als der darüberliegende, deswegen konnte ich von oben auf den Balkontisch sehen, auf dem eine geöffnete Zeitung lag. Mit einem Mal lief mir trotz meiner Schweißausbrüche ein eiskalter Schauer über den Rücken. In der Zeitung war ein Foto von Otto Simon abgebildet. Obwohl seine Augen geschlossen waren und das Gesicht aufgedunsen und bleich, erkannte ich ihn sofort. Die dicke Überschrift über dem Foto lautete: »*Chi conosce questo uomo?* – Wer kennt diesen Mann?«

Ich ging zurück in die Wohnung und setzte mich auf den Boden, um die weiße Couch nicht zu beschmutzen. Mir war ganz flau. Otto Simon war tatsächlich ermordet worden.

Schockiert zog ich mich um, fuhr zurück ins Zentrum und

besorgte mir am nächsten Kiosk die »Giornale di Brescia«, die ich jedoch erst zu Hause aufschlug. Diesen Artikel konnte ich nur lesen, wenn ich sicher auf meinem Bett saß. Ein tauchender Urlauber hatte gestern einen toten Mann im Gardasee zwischen Limone und Malcesine entdeckt. Der Tote war etwa Mitte dreißig und trug einen hellen Anzug. Da er weder Papiere noch persönliche Gegenstände bei sich trug, war seine Identität nach wie vor ungeklärt. Zur Todesursache wollte sich die Polizei vorerst nicht äußern, sie bat aber dringend um Hinweise, die zur Klärung der Identität des Mannes beitragen könnten.

Mit mulmigem Gefühl in der Magengegend betrachtete ich noch einmal das Foto neben dem Artikel. Obwohl die Gesichtszüge stark verändert waren, bestand kein Zweifel: Es war Otto Simon. Ich holte den Zettel aus meiner Nachttischschublade, den er für mich im Bratschenkasten hinterlegt hatte, und las ihn ehrfürchtig durch. Er hatte es geahnt, dass etwas Schlimmes passieren würde.

Was sollte ich jetzt bloß tun? Sollte ich der Polizei nicht wenigstens mitteilen, um wen es sich bei dem Toten handelte? Aber dann würde es losgehen mit der Fragerei. Sie würden mich in die Zange nehmen und ausquetschen wie eine Zitrone. Sie würden herausfinden, dass ich sämtliche Spuren des Verbrechens weggewischt hatte. Aldo Farelli würde mir ohne mit der Wimper zu zucken den Mord an Otto Simon anhängen. Er würde behaupten, ich hätte Herrn Simon wegen einer zwei Millionen Euro teuren Bratsche ermordet und diese irgendwo versteckt. Die Polizei würde sich nach meinen Freunden erkundigen und keine Ruhe geben, bis sie die Bratsche gefunden hätte, und dann würden sie Fabio auch noch in die Geschichte mit hineinziehen. Nein, ich konnte nicht zur Polizei gehen, jedenfalls nicht, solange ich die Bratsche nicht bei Signora Bertolotti in Salò abgeliefert hatte. Ich hatte einen Auftrag erhalten, und ich war fest entschlossen, Otto Simons letzten Willen zu erfüllen.

15

Um mich mit erfreulicheren Dingen als dem toten Herrn Simon zu beschäftigen, blätterte ich in meinem Lieblingskochbuch und überlegte, was ich heute Abend für Adriano und mich zubereiten wollte. Es mussten natürlich Gerichte sein, die auch kalt genießbar waren. Die Abbildungen der hübsch angerichteten Speisen ließen mir dermaßen das Wasser im Mund zusammenlaufen, dass ich nicht fähig war, mich zu entscheiden. Ich musste dringend etwas essen.

Nach einer schnellen Dusche und in einem frischen Putzkittel ging ich zum alten Hafen hinunter, warf einen kurzen Kontrollblick auf Fabios Boot, und marschierte weiter die Via Nova hoch. Als ich an dem Kirchlein San Rocco vorbeikam, stieg ich kurz entschlossen die alte Steintreppe nach oben und ging in die Kapelle, die einst als Danksagung von den Limonesern erbaut wurde, die der großen Pestepidemie Mitte des sechzehnten Jahrhunderts entkommen waren. Ich setzte mich in die letzte Bank, sprach ein Gebet und zündete eine Kerze für Otto Simon an. Wenigstens das war ich dem armen Mann schuldig, wenn ich schon nicht bei der Aufklärung seiner Todesumstände behilflich sein konnte. Mit einem etwas besseren Gefühl zwängte ich mich durch die enge, steile Treppe wieder nach unten und ging die Via Novo weiter.

Bald gelangte ich zu dem kleinen Hotel »Al Rio Se«, das seinen Namen von dem Sturzbach »Se« ableitete, der direkt am Hotel vorbeifloss. Das dazugehörige Ristorante lag ruhig oberhalb eines wunderschönen, mediterranen Gartens und verfügte über eine bezaubernde Terrasse mit grandiosem Blick auf den See und auf die Bergwelt am anderen Ufer. Es war schnell zu einem meiner Lieblingslokale in Limone geworden. Natürlich auch deswegen, weil es dort hervorragende Penne all'arrabbiata gab.

Da ich mein Leibgericht jedoch bereits an den letzten beiden Tage gegessen hatte, entschied ich mich für Rigatoni mit einer Soße von Fischen aus dem Gardasee.

Der Papagei im Käfig vor der Hotelmauer krächzte ein paar unverständliche Silben, sodass die Gäste, die ihn noch nicht bemerkt hatten, erschrocken zusammenfuhren. Während ich mich langsam entspannte und den Blick über den kleinen Hotelpool unterhalb des Restaurants schweifen ließ, entdeckte ich unvermittelt die beiden blonden Feger von vorgestern, die sich am Poolrand räkelten. Die Langbeinige wrang gerade ihre nassen Haare aus. Sie hatte ein Nichts von einem weißen Bikini an, die andere trug einen silbernen Einteiler, der ebenfalls mehr durch Löcher als durch Stoff auffiel. Die Figuren der beiden waren perfekt, das musste ich ihnen zugestehen. Sie waren schlank und hatten ihre Rundungen genau da, wo sie hingehörten. Zum Glück konnte sie Adriano jetzt nicht so sehen, gegen diese beiden Barbiepuppen sah ich aus wie Miss Piggy aus der Muppet Show.

Auf einmal klang »Azzurro« von einem quäkenden Adriano Celentano aus der Richtung des Pools. Die Wasserstoffblondine mit dem Zahnpastalächeln griff in ihre Badetasche und holte ihr singendes Handy heraus.

»Ciaaaauuhh«, grüßte sie unüberhörbar in ihr rosa Mobiltelefon. »Was, du bist schon da? Wir kommen sofort!« Sie legte auf und rief der Langbeinigen zu: »Er ist schon unten.«

Die beiden erhoben sich und gingen mit ihren Badetaschen über der Schulter den Weg durch den Garten hinunter zum Seezugang, den ich von der Terrasse aus leider nicht sehen konnte. Eine Minute später hörte ich in der Ferne leise das Anspringen eines Motors. Die beiden Grazien wurden also zu einer Bootstour abgeholt. Gott sei Dank musste mein Adriano in seinem Ristorante arbeiten, sonst würde mir jetzt kein Bissen meines herrlichen Pastagerichtes mehr schmecken.

Nach einem großen Eisbecher mit Früchten und Sahne und einem abschließenden Espresso fühlte ich mich gestärkt für die Ferienwohnung, die heute noch auf mich wartete, bevor ich einkaufen, mich hübsch machen und in die Wohnung meines Schreiberlings fahren würde. Außerdem durfte ich nicht vergessen, Signora Bruna Bescheid zu geben, dass ich heute Abend auswärts essen würde. Nicht dass sie umsonst für mich kochte.

Ich schlenderte die Via Nova hinunter und am alten Hafen entlang. Wie immer standen einige Touristen mit ihren Kameras vor den bunten Fischerbooten und hielten die idyllische Kulisse in Bildern fest. Eine junge Deutsche kam auf mich zu und bat mich, ein Foto von ihr und ihrem Freund zu schießen. Routiniert nahm ich die Digitalkamera entgegen und wartete, bis sich die beiden in Position gebracht hatten, dann drückte ich aufs Knöpfchen.

»Bitte machen Sie noch eines mit ein paar Booten im Hintergrund«, rief sie mir zu. Ich ging drei Schritte nach rechts, um auch Adrianos Boot mit aufs Bild zu bekommen, aber es war nicht da! Das konnte doch nicht wahr sein! Bestimmt hatte er es wieder jemandem geliehen, versuchte ich mich zu beruhigen. Er würde doch nicht während der Mittagessenszeit mit den beiden …? Nein, niemals! Adriano konnte sich nicht zweimal am Tag eine Auszeit nehmen, das würde Carlotta nie dulden. Ich war einfach total überspannt wegen der Geschichte mit Otto Simon. Jedenfalls konnte ich unmöglich in meinem Putzkittel zum Ristorante »Da Adriano« vorgehen und schauen, ob mein Liebster an seinem Platz war.

»Sind Sie schon fertig?«, fragte die Touristin und riss mich aus meinen Grübeleien. Ich betätigte unkonzentriert den Auslöser und gab ihr den Apparat zurück. Das Pärchen besah sich die beiden Bilder, während ich mich möglichst schnell aus dem Staub machte. Das zweite Foto war mit Sicherheit nichts geworden, aber ich hatte keine Lust mehr, dieses Motiv noch einmal zu fotografieren.

Ich war mit dem Putzen der nächsten Ferienwohnung fast fertig, da gab mein Handy einen Signalton von sich. Jemand hatte mir eine Nachricht geschickt. »Sehr geehrte Frau Holzwurm, Sie gehen mir nicht mehr aus dem Kopf. Wann darf ich

Ihnen unseren Monte Baldo zeigen oder Sie zum Essen ausführen? Federico Prati.«

Der Mann gab nicht auf, aber leider hatte ich den Herrn Antiquitätenhändler für alles, was selten, gut und teuer war, durchschaut. Ich wusste zwar nicht, wie er an die Information gekommen war, dass ich eine Gasparo-da-Salò-Bratsche hatte, aber es lag doch auf der Hand, was der Mann von mir wollte. Außerdem ärgerte es mich, dass er mich offenbar für blöd verkaufte und sein Interesse an der Bratsche mit dem gespielten Interesse an meiner Person tarnen wollte.

Ich drückte auf »Mitteilung verfassen« und schrieb: »Signor Prati, Sie werden nicht bekommen, was Sie von mir wollen. Rosi Holzwurm.« Dann wischte ich den Boden der Ferienwohnung fertig, gab die Schlüssel bei der Hausverwaltung ab und fuhr nach Hause.

Mit zwei großen Einkaufstaschen bewaffnet ging ich zum Supermarkt an der Piazza Garibaldi und anschließend zum Metzger in der Via Antonio Moro, bis ich alle Zutaten für unser Liebesmahl auf dem See zusammenhatte. Ich duschte zum zweiten Mal an diesem Tag, zog ein sehr tief dekolletiertes, sexy geschnittenes Wickelkleid mit hohem Beinschlitz an und drehte mir große Lockenwickler in die Haare. Damit würde ich zwar nicht unter meinen Motorradhelm passen, aber für einen perfekten Abend musste man eben etwas riskieren. Als ich auch mit meinem Make-up zufrieden war, fuhr ich schließlich mit voll bepacktem Rucksack auf dem Rücken, einem großen Korb auf dem Gepäckträger, meiner Handtasche um den Hals und den Lockenwicklern auf dem Kopf in die Wohnung meines Schreiberlings.

Dort angekommen packte ich die vielen Zutaten aus, stellte den Spumante in den Kühlschrank und legte eine CD mit Rossini-Ouvertüren auf. Seit ich mir bei Herrn König eine Biografie des berühmten italienischen Komponisten ausgeliehen hatte, wusste ich, dass Giacomo Rossini ein begeisterter Koch und Feinschmecker gewesen war. Deswegen fand ich seine Musik beim Kochen immer sehr passend. Bei der Gelegenheit fiel mir ein, dass ich mir gestern keine Lektüre für die kommende Woche mitgenommen hatte, der Anruf meiner Schwester hatte mich völlig aus dem Konzept gebracht. Nach dem Kochen musste ich mir unbedingt noch etwas Schönes aussuchen.

Ich band mir die mitgebrachte Schürze um und machte mich ans Werk. Zunächst setzte ich eine Kalbsnuss in einem großen Topf mit Weißwein, Brühe, Essig, Suppengemüse und Gewürzen auf den Herd, damit diese für das Vitello tonnato eine Dreiviertelstunde lang köcheln konnte. In der Zwischenzeit putzte ich Miesmuscheln, kochte sie in Weißwein, bis sie sich öffneten, und schnitt nebenbei Lauch, Fenchel, Pfefferschoten und eine Mango klein. Nachdem ich das Gemüse kurz blanchiert hatte, marinierte ich die Zutaten in Orangensaft und Olivenöl. Ich schwenkte die ausgelösten Muscheln mit den Garnelen und Tintenfischringen, die ich gefroren und gegart gekauft hatte, in der Pfanne mit Olivenöl und Knoblauch und vermischte schließlich sämtliche Zutaten miteinander.

Als ich den Meeresfrüchtesalat mit Zitronensaft, Kräutern und Salz abschmeckte, piepte mein Handy. Schon wieder eine SMS. »Sehr geehrte Frau Holzwurm, es war nicht meine Absicht, Sie zu bedrängen, aber so schnell gebe ich nicht auf. Ich muss Sie unbedingt wiedersehen. Federico Prati.«

Der Typ hatte sie doch nicht mehr alle. »Signor Prati«, schrieb ich zurück, »ab jetzt werde ich Ihnen nicht mehr antworten. Diese Unterhaltung ist mir zu blöd.«

Ich goss mir ein Gläschen vom Weißwein ein, der beim Kochen übrig geblieben war, und brachte mich ein wenig in Stimmung. Noch eine Stunde, und dann würde ich endlich wieder in den Armen meines Liebsten liegen.

Der letzte Winter war für mich schwer gewesen, als ich vor Liebeskummer fast krank in München vor mich hin vegetiert hatte. Vor lauter Frust hatte ich mir binnen kurzer Zeit fünf Kilo angefuttert, die heute noch wie Zement auf meinen Rippen saßen. Natürlich hatte ich sofort nach meinem Urlaub im September mit Leopold Schluss gemacht, in meinem Herzen war kein Platz für zwei. Adriano und ich hatten uns etliche SMS geschrieben, und die Sehnsucht wurde immer größer, bis ich endlich den Entschluss gefasst hatte, nach Limone zu ziehen. Auch wenn es die Umstände nur selten erlaubten, dass ich mit Adriano allein sein konnte, war ich ihm jetzt zumindest nah und konnte ihn täglich sehen.

Beschwingt halbierte ich Tomaten, höhlte sie aus und vermischte ihr Fleisch mit Semmelbröseln, Kapern, Oregano, Knoblauch, Salz und Pfeffer. Diese Mischung strich ich in die ausgehöhlten Tomatenhälften und stellte die gefüllten Tomaten ins Rohr zum Überbacken. Mein Handy piepte schon wieder und zeigte den Eingang einer SMS an. »Frau Holzwurm, sagen Sie mir, was ich falsch gemacht habe, und ich werde es ändern. Geben Sie mir noch eine Chance. Federico Prati.«

So, jetzt reichte es aber. Dieser Mann wusste scheinbar nicht, wann Schluss war. Genervt schaltete ich mein Handy aus, um mir den Abend nicht von Federico Prati verderben zu lassen. Und wenn sich tatsächlich ausgerechnet heute Abend ein neuer Kunde bei mir melden sollte, konnte er mir ja auf die Mailbox sprechen.

Während die Kalbsnuss abkühlte, teilte ich Pfirsiche in zwei Hälften und entkernte sie. Ich füllte sie mit einer Mischung aus Amaretti, die ich vorher mit Marsala und Zitronensaft getränkt und mit Eigelb und Zimt vermengt hatte. Auf jede Pfirsichhälfte setzte ich noch eine Mandel, perfekt. Wenn die Tomaten fertig waren, konnte ich die Pfirsiche ins Rohr schieben, und dann fehlte nur noch die Soße für das Vitello tonnato. Dafür benutzte ich natürlich den Edelstahlmixer meines Schreiberlings, der über sechs verschiedene Stärkestufen verfügte. Ich mixte eine wunderbar sämige Soße aus Thunfisch, Sardellenfilets, Fleischkochsud, Zitronensaft, Mayonnaise, Salz und Pfeffer. Zum Schluss hob ich behutsam die Kapern unter. Bis alle Gerichte ganz abgekühlt waren, säuberte ich schon einmal die Küche. Mein Schreiberling sollte schließlich alles wieder blitzblank vorfinden.

So, und jetzt war ich dran. Ich zog die Schürze aus und ging ins Bad. Vorsichtig drehte ich vor dem Spiegel die Lockenwickler aus meinen Haaren und kämmte mich. Das Ergebnis war mehr als zufriedenstellend. Als ich noch in das Kleid schlüpfte, sah ich wirklich sexy aus. Ich hatte doch viel mehr zu bieten als die beiden Hungerhaken vom »Al Rio Se«.

Glücklich räumte ich die Lockenwickler in meinen Rucksack und wollte gerade die verschließbaren Plastikbehälter aus meinem Korb holen, als das Schloss der Wohnungstür knackte. Wie vom Blitz getroffen blieb ich stehen und schaute zur Tür, die Herr Dr. König soeben aufgesperrt hatte.

16

Meinem Schreiberling stand der Mund offen. »Frau Holzwurm, Sie sehen privat ja bombastisch aus«, sagte er und musterte mich anerkennend von Kopf bis Fuß. »Das ist sehr gut, dass Sie Ihre Mailbox noch abgehört haben und mir die Lebensmittel bringen konnten. Ursprünglich wollte ich ja heute Essen gehen, aber dann habe ich es mir doch anders überlegt. Zu Hause ist es nach einem anstrengenden Tag einfach gemütlicher.« Er wirkte ziemlich erschöpft, seine Haare klebten verschwitzt am Kopf. »Warum schauen Sie mich denn so an, Frau Holzwurm?«

»Weil … weil Sie etwas zu früh gekommen sind, Herr Dr. König. Ich habe mir erlaubt, für Sie zu kochen und wollte den Tisch noch decken, bevor Sie kommen.« Etwas Besseres fiel mir auf die Schnelle nicht ein.

»Sie haben für mich gekocht? Aber wie komme ich zu der Ehre? Ach, Frau Holzwurm, jetzt verstehe ich! Damit habe ich ja gar nicht gerechnet«, sagte er auf einmal wieder frisch und fraß mich mit seinem lüsternen Blick fast auf. »Und Ihr Aussehen, dieses wunderhübsche Kleid, das Sie da tragen, also Frau Holzwurm, das hätte ich ja niemals gedacht, dass Sie einen Mann so überraschen können«, stammelte er.

So. Da hatte ich nun die Bescherung! »Ich … ich wollte Ihnen einfach nur eine Freude machen.« Stotternd versuchte ich noch zu retten, was nicht mehr zu retten war.

»Das ist Ihnen gelungen, Frau Holzwurm. Sie machen mir in der Tat eine sehr große Freude. Wenn es Ihnen recht ist, gehe ich noch schnell unter die Dusche, und dann machen wir beide es uns gemütlich.« Er zwinkerte mich durch seine dicken Brillengläser an und verschwand im Bad.

Verdammt, verdammt, verdammt! Was sollte ich jetzt bloß tun? Zuerst musste ich Adriano schleunigst eine SMS schicken, dass mir etwas Saublödes dazwischengekommen sei. Und dann musste ich versuchen, mir Dr. König vom Leib zu halten, ohne dass ich noch meinen besten Kunden verlor. Da ich für meinen Schreiberling ständig irgendwelche Einkäufe erledigte und er die Sonderaufträge stets großzügig entlohnte, trug er einen beträchtlichen Teil zu meinem Einkommen bei.

In der Küche schaltete ich mein Handy an und sah, dass ich neben der Nachricht von Dr. König auf meiner Mailbox auch noch zwei SMS bekommen hatte. Die Erste war von Federico Prati: »Sehr geehrte Frau Holzwurm, womöglich sind Sie es leid, dass ich Ihnen ständig etwas zeigen will. Vielleicht möchten Sie mir ja gern etwas zeigen? Federico Prati.« Nein, Signor Prati, ich werde Ihnen die Bratsche bestimmt nicht zeigen.

Die nächste SMS kam von Adriano. »Liebste Rosi, es ist zu viel los, kann leider nicht weg. *Tanti baci*, Adriano.«

Ich hatte mir die ganze Mühe umsonst gemacht. Enttäuscht ließ ich mich auf den Küchenhocker fallen. Ob ich Adriano überhaupt noch wichtig war? Oder tat ich ihm unrecht, wenn ich auf ihn sauer war? Vielleicht konnte der Arme ja tatsächlich nicht weg aus dem Ristorante. Aus dem Bad tönte das Gebläse des Föhns, Dr. König war bestimmt gleich fertig. Deprimiert deckte ich den Tisch. Na, wenigstens hatte ich einen dankbaren Abnehmer für das viele Essen, das ich mit Liebe zubereitet hatte. Wenn Adriano wüsste, dass ich nun hier mit Dr. König speisen würde, wäre er bestimmt tierisch eifersüchtig. Sollte er es ruhig erfahren, ich würde ihm später alles erzählen.

»Ich bin gleich so weit«, rief Dr. König bestens gelaunt ins Wohnzimmer, wo ich gerade die überbackenen Tomaten, den Meeresfrüchtesalat und das mitgebrachte Ciabatta auftrug. Ich zündete den Kerzenleuchter in der Mitte des Tisches an und begutachtete mein Werk. Wenn ich nur mit Adriano anstelle von Dr. König hier essen könnte.

»Das haben Sie sehr schön arrangiert, Frau Holzwurm«, lobte mich mein Schreiberling beim Anblick des romantisch gedeckten Tisches. Er hatte sich tatsächlich in einen eleganten dunklen Anzug gezwängt und eine Krawatte umgebunden. »Am meisten freue ich mich schon auf die Nachspeise«, flüsterte er in mein Ohr, während ich mit einem seiner elektrischen Luxusmesser das Fleisch fürs Vitello tonnato in feine Scheiben schnitt. Wie sollte ich nur aus dieser Nummer wieder herauskommen?

»Sie könnten schon mal den Prosecco aus dem Kühlschrank holen und öffnen«, wies ich ihn an, damit er beschäftigt war.

»Sie haben wirklich an alles gedacht, Frau Holzwurm. Ich gebe zu, ich habe Sie immer ein wenig unterschätzt.«

Wir setzten uns gegenüber an den großen Tisch und stießen mit Prosecco an.

»Auf Ihre wunderbare Überraschung.« Dr. Königs wegen der dicken Brillengläser sehr kleinen Augen schienen sich erheblich zu vergrößern, als er zwischen meinen Brüsten hin- und hersah.

»Auf unser gutes Verhältnis.« Ich hob das Glas in der Hoffnung, dass auch ihm an einem guten Verhältnis gelegen war, und wir stießen an. Mit ein paar kräftigen Schlucken kippte ich den ganzen Prosecco hinunter. Rosi, vergiss es. Diesen Mann konnte ich mir nicht schönsaufen. Dr. König hatte stets einen hochroten Kopf und sehr schütteres, dunkles Haar, außerdem war er mindestens doppelt so übergewichtig wie ich. Während ich trotz Leibesfülle nur ein Kinn hatte, brachte es mein Gegenüber auf drei, wenn er den Kopf senkte, sogar auf fünf. Eines mehr als Leopold, bei dem sich das Übergewicht aufgrund seiner Größe besser verteilte.

»Sie sind wirklich eine Frau der Tat.« Dr. König füllte mein leeres Glas sogleich wieder nach, dann machte er sich mit großem Appetit über das Essen her.

»Einfach, aber gut, diese Tomaten«, bemerkte er, »und dieser Meeresfrüchtesalat ist sehr originell. Die Mangos geben ihm etwas Raffiniertes, das muss ich mir merken.«

Zumindest wusste er meine Kochkunst zu schätzen. Eigentlich war er ja ganz nett, und berühmt war er auch noch. Ich kippte das zweite Glas Prosecco weg, aber es half nichts.

Aus dem Frosch würde auch nach drei Flaschen Prosecco kein Prinz werden. Dr. König war so mit der Nahrungsaufnahme beschäftigt, er bemerkte gar nicht, dass mein Glas schon wieder leer war.

»Erzählen Sie doch mal was von sich, Frau Holzwurm, ich weiß viel zu wenig über Sie. Weswegen putzen Sie in Limone und nicht in München?«, interessierte sich mein Schreiberling.

»Weil hier das Wetter schöner ist«, sagte ich und schob mir eine Gabel mit dem Meeresfrüchtesalat in den Mund, der mir wirklich ausgezeichnet gelungen war.

Dr. König lachte aus vollem Hals, dann sah er mein leeres Glas und schenkte mir Prosecco nach. »Im Kühlschrank stehen noch zwei schöne Flaschen Custoza, wir werden heute Abend nicht verdursten.« Er lud sich eine große Portion vom Vitello tonnato auf seinen Teller. »Ausgezeichnet. Ich könnte mich an solche Abende gewöhnen, Frau Holzwurm. Haben Sie das bedacht?«, fragte er charmant. Er lächelte mich an und rückte seine verrutschte Krawatte gerade.

»Wissen Sie, Herr Dr. König, ich wollte mich einfach einmal mit Ihnen über Ihren aufregenden Beruf unterhalten.« Irgendwie musste ich versuchen, dem Abend eine andere Wendung zu geben.

»Über meinen Beruf? Aber Frau Holzwurm, nicht dass ich Ihnen zu nahe treten möchte, aber darüber kann ich mit Ihnen doch nicht sprechen. Sie haben andere Qualitäten, Frau Holzwurm, und das ist auch gut so.« Er würgte mich ab wie ein dummes Huhn.

»Ich wollte mit Ihnen zum Beispiel über Gasparo da Salò sprechen«, entgegnete ich unbeeindruckt.

Meinem Schreiberling fiel das Stück Ciabatta aus der Hand, das er gerade in den Mund schieben wollte. »Über Gasparo da Salò? Also Frau Holzwurm, Sie überraschen mich schon wieder.« Er blickte ungläubig. »Geigenbauer sind allerdings nicht mein Fachgebiet. Ich bin Kritiker und muss mich mit dem Unvermögen hoch bezahlter Musiker auseinandersetzen. Eine Aufgabe, die natürlich immenses Fachwissen voraussetzt«, erklärte er mir überheblich. »Leider werden oft genug gerade Solisten total überschätzt, die auf einer echten Stradivari, Amati, Guaneri oder Gasparo da Salò ihr Unwesen treiben. Da wird das Publikum ob dieser wertvollen Instrumente ganz ehrfürchtig und merkt überhaupt nicht, was die Herrschaften für einen Schrott zusammenspielen. Aber ich merke es, Frau Holzwurm, mir macht keiner was vor. Und ich werde nicht aufhören, die Wahrheit über diese Blender zu schreiben, darauf können Sie sich verlassen.« Mein Schreiberling redete sich dermaßen in Rage, dass sein Kopf noch roter wurde, als er es normalerweise schon war. »Diese eitlen Gockel kratzen auf den Stradivaris herum, dass es eine Schande ist. Man sollte sämtliche alte Instrumente einsammeln und ins Museum stellen. Da hätten alle Menschen etwas davon, und die hoch gelobten Stars müssten endlich die Hosen herunterlassen und demonstrieren, wie es wirklich um ihre Virtuosität steht. Das gäbe ein böses Erwachen, Frau Holzwurm, das kann ich Ihnen garantieren. Meine Ärztin, der ich Sie ja als Putzfrau empfohlen habe, ist auch so eine Person, die mich regelmäßig auf die Palme bringt.« Er raufte sich das schüttere Haar, bevor er es schnell mit den Händen wieder zu glätten versuchte.

»Ach, Sie haben mich Frau Dr. Ewald empfohlen? Das wusste ich gar nicht«, bemerkte ich.

Mein Schreiberling ging jedoch nicht auf meinen Einwurf ein. »Die gute Frau Dr. Ewald«, sagte er unnötig laut, ich saß ihm ja direkt gegenüber, »hat sich schon wieder bei mir beschwert, weil ich einen ihrer geliebten Bratscher verrissen habe, obwohl der Mann doch auf einer echten Gasparo da Salò spielt. Ist die Frau taub? Sie ist doch sonst so eine intelligente Person. Aber wenn sie eine Bratsche hört, setzt bei ihr der Verstand aus.«

Dr. König griff nun auch nach seinem Proseccoglas und trank es mit einem Zug leer, dann schien er sich wieder zu beruhigen. Er schnitt ein Stück vom Vitello tonnato ab und schob es sich in den Mund.

»Sehen Sie, Herr Dr. König, nun haben Sie mir ja doch etwas über Ihren aufregenden Beruf erzählt«, entgegnete ich.

»Aber Frau Holzwurm, Sie haben doch überhaupt keine Ahnung von Musik, Sie wissen doch gar nicht, worüber ich spreche.«

Das Thema Musik schien meinen Schreiberling von seinen erotischen Gelüsten abzulenken, deshalb blieb ich hartnäckig dran: »Wissen Sie, was mich schon immer interessiert hat? Woher weiß ein Kritiker, ob zum Beispiel ein Geiger gut oder schlecht spielt, wenn er selbst gar nicht Geige spielen kann?«

»Wie meinen Sie das?« Dr. König zog die Augenbrauen hoch, er schien die Frage nicht zu verstehen.

»Man sagt, Kritiker sind wie Eunuchen. Sie wissen genau, wie's geht, aber sie können's nicht.«

Mein Schreiberling sprang vom Stuhl auf und starrte mich an, wobei sein Blick direkt zu meinem Ausschnitt wanderte, in den er aus der stehenden Position natürlich besser sehen konnte.

»Frau Holzwurm«, stöhnte er, »lassen Sie mich Ihnen beweisen, dass ich kein Eunuch bin.«

»Aber es gibt doch noch Nachtisch, Herr Dr. König.« Hastig wich ich seinem Angebot aus. »Es gibt gefüllte Pfirsiche.«

»Ich will lieber Ihre beiden Melonen haben, Frau Holzwurm, Ihre wunderbar reifen und süßen Melonen!«

Nun sprang ich ebenfalls auf, um ihm weitere Einsichten von oben zu verwehren. Mein Schreiberling kam auf mich zu, umschlang meine Hüften und presste seinen dicken Bauch an meinen.

»Sag Waldemar zu mir«, hechelte er, dann griff er nach meiner Hand und drückte sie auf seinen Cannelloni.

»Aber Waldemar, ich bin schwer beleidigt, wenn du die Pfirsiche nicht isst.« Ich verharrte unbeweglich und versuchte ruhig zu bleiben.

»Na schön, dann nehme ich eben zwei Desserts«, meinte er schließlich, »obwohl ich die Vorfreude auf das zweite kaum noch aushalten kann.«

Er ließ mich aus seiner Umklammerung frei, und ich räumte den Tisch ab.

Langsam wurde es eng. Ich musste mir etwas einfallen lassen.

»Ich mache uns jetzt den Custoza auf.« Endlich brachte Dr. König wieder einen vernünftigen Satz hervor. Er folgte mir in die Küche und konnte es nicht lassen, meinen Hintern zu tätscheln.

»Waldemar, ich habe Durst.« Ich reichte ihm den Korkenzieher, damit er den Weißwein öffnete. Lange konnte ich den Mann nicht mehr hinhalten. Ich servierte die Pfirsiche und setzte mich wieder.

»Rosi, ich bin verrückt nach dir«, stöhnte Dr. König.

»Probier erst einmal meine Pfirsiche. Glaub mir, die willst du nicht verpassen«, entgegnete ich. Obwohl die Nachspeise wirklich gelungen war, hatte ich wenig Appetit. In spätestens zehn Minuten würde ich meinen besten Kunden verlieren. Und womöglich würde er mich auch noch bei Frau Dr. Ewald anschwärzen.

»Rosi, die Pfirsiche schmecken wie im Paradies, aber jetzt möchte ich die zweite Nachspeise haben«, flehte mein Schreiberling. Er öffnete seinen Hemdskragen und lockerte die Krawatte, dann stand er auf.

Es half nichts, ich musste ein paar blaue Flecken riskieren. Von einer Sekunde auf die andere kippte ich vom Stuhl und plumpste mit einem dumpfen Schlag auf den Teppichboden. Dort blieb ich röchelnd liegen und verdrehte die Augen.

»Rosi!«, rief Dr. König, »Rosi, was ist mit dir?« Er kam um den Tisch geeilt und kniete sich neben mich auf den Boden. Er würde doch hoffentlich keine Mund-zu-Mund-Beatmung machen.

»Rosi, komm zu dir, was ist denn passiert?«

»Die Mandeln«, röchelte ich. »Allergisch«, japste ich weiter und ließ die Augenlider flattern. »Vergessen!«

»Rosi, ich mache dich frei, damit du besser atmen kannst.« Mit vor Erregung beschlagenen Brillengläsern nestelte Dr. König am Knoten meines Wickelkleides. Der wollte mich auswickeln! »Wasser«, stöhnte ich, »schnell, Wasser!«

Mein Schreiberling lief hastig in die Küche und brachte mir ein Glas Wasser.

Ich setzte mich wieder auf. »Danke, Waldemar«, hauchte ich würgend, »ich muss nach Hause und meine Tropfen nehmen.«

»Aber Rosi, unser schöner Abend ...«, jammerte Dr. König mit hängenden Mundwinkeln.

»Ein andermal, Waldemar«, versuchte ich ihn zu vertrösten.

»Dann lade ich dich morgen zum Essen ein, Rosi. Was hältst du von ›Da Adriano‹?«

Jetzt bekam ich tatsächlich Atemnot. Aber warum eigentlich nicht? Adriano hatte nichts anderes verdient, als zuzusehen, wie mir ein anderer Mann den Hof machte.

»Gut«, sagte ich schwach.

»Ich bestelle dir ein Taxi«, sagte Waldemar.

»Das ist sehr nett von dir.« Mein Dank ging in einem Röcheln unter.

Während mein Schreiberling mit dem Handy das Taxi rief, holte ich stark schwankend meine Sachen.

»Ich begleite dich nach unten, Rosi.« Er stützte mich an Körperstellen, die niemals der Stabilität dienten.

»Dann hole ich dich morgen Abend um neun Uhr ab«, rief er ins Taxi hinein. Ganz Gentleman hatte er den Fahrer bereits bezahlt.

»Gut, Waldemar«, hauchte ich schwachbrüstig, »ich freue mich.«

»Ich kann es kaum erwarten«, flüsterte er mir noch zu, als der Taxifahrer endlich abfuhr.

Nach der ersten Kurve wies ich den Fahrer an, wieder zum Haus Dr. Königs umzudrehen. Dort angekommen, teilte ich ihm mit, dass unsere gemeinsame Fahrt beendet war und stieg um auf meine Vespa. Dann fuhr ich fix und fertig nach Hause.

17

Ich stellte meinen Rucksack und den Korb im Flur neben der Haustür ab und zog die Tür von außen wieder leise ins Schloss. Signora Bruna schien schon zu schlafen, da die Wohnzimmerfenster im ersten Stock dunkel waren. Während ich meinen verspäteten Gang zum alten Hafen machte, knurrte mein Magen. Bei all der Anstrengung, Dr. König im Zaum zu halten, war ich kaum zum Essen gekommen. Wahrscheinlich verputzte mein Schreiberling den Rest der leckeren Sachen gerade allein. Als ich in der Via Porto am Schaufenster mit den bunten, täuschend echten Marzipanfrüchten vorbeikam, lief mir dermaßen das Wasser im Mund zusammen, dass ich beschloss, bei Fabio noch eine Torte zu essen.

Die Bar »Al Porto« war trotz der späten Stunde noch gut besucht. Erschöpft setzte ich mich nahe am Wasser auf einen der dunkelgrünen Stühle mit den rosa Sitzkissen und wartete auf Fabio, der gerade kassierte. Die Live-Band von der Terrasse des Hotels »Le Palme«, das direkt hinter der Bar »Al Porto« lag, spielte alte italienische Schlager, bei denen einige Leute mitsangen. Die heitere südländische Stimmung bewirkte, dass ich mich schnell von dem turbulenten Essen mit meinem Schreiberling erholte. Eigentlich hatte ich mich doch wacker geschlagen, und meinen besten Kunden hatte ich auch nicht verloren. Ich wusste zwar noch nicht, wie ich morgen Abend mit Dr. König verfahren würde, aber das war ja noch ein Weilchen hin.

»Ciao, Rosi, dein neuer Freund ist vor einer Viertelstunde gegangen«, informierte mich Fabio mit sachlicher Stimme im Vorbeigehen.

Was? Federico Prati hatte in der Bar »Al Porto« auf mich gewartet? Das wurde ja immer schöner! Dieser lästige Antiquitätenhändler war schließlich schuld daran, dass ich in die brenzlige Situation mit Dr. König geraten war. Nur seinetwegen hatte ich mein Handy ausgeschaltet und den Anruf von Dr. König verpasst.

Fabio servierte meinen Spritz und fragte im Stehen, ob er mit mir reden dürfe.

»Aber Fabio, was soll denn die Frage? Habe ich irgendetwas falsch gemacht, dass du so beleidigt bist?« War er immer noch sauer, weil ich ihm nicht gesagt hatte, weswegen Dino Farelli hinter mir her gewesen war?

»Mir gefällt dein Umgang nicht, Rosi«, sagte er ernst und setzte sich schließlich doch. »Erst die Farellis und jetzt der Prati. Weshalb umgibst du dich mit solchen Leuten?«

»Erstens habe ich mir den Umgang mit diesen Leuten nicht ausgesucht, sondern sie waren auf einmal da. Und zweitens wusste ich nicht, dass Federico Prati ebenfalls Dreck am Stecken hat.«

»Um Gottes willen, ich habe nicht gesagt, dass er Dreck am Stecken hat. Aber man redet eben über ihn. Der Mann betreibt einen großen Antiquitätenhandel in Rovereto mit mehreren Angestellten und verkauft schweineteures Zeug. Dabei lungert er nur in Bars und Cafés herum und stellt Touristinnen nach. Ganz Malcesine fragt sich, wie dieser Mann sein Geld verdient. Es liegt doch auf der Hand, dass das nicht mit rechten Dingen zugeht.«

»Vielleicht handelt er mit so teuren Objekten, dass entsprechend viel dabei für ihn herausspringt.« Ich teilte Fabio meine Vermutung mit.

»Rosi, Federico Prati ist kein Mann für dich.«

Ich musste lachen. Dieser Satz war tatsächlich mehrfach anwendbar.

»Ich habe ihm gestern Abend lediglich gesagt, dass er sich keine Hoffnungen machen soll. Du weißt doch, dass es für mich nur Adriano gibt.«

Fabio stöhnte.

»Bring mir doch bitte ein großes Stück von der Zuppa Inglese, die da in der Vitrine steht«, bat ich meinen jungen Freund, bevor ich mir die nächste Variante meines neuen Lieblingssatzes anhören musste.

Fabio schnitt eine Riesenportion der leckeren, mit Amaretto getränkten Biskuittorte mit Sahne und kandierten Früchten ab und brachte sie an meinen Tisch. Ungestört und mit großem Appetit verdrückte ich die üppige Kalorienbombe, die ich mir heute wirklich verdient hatte.

»Gut?«, fragte Fabio überflüssigerweise, als er den Teller abräumte.

»Und wie! Fabio, hast du zufällig gesehen, wer heute Mittag Adrianos Boot ausgeliehen hat?«

»Ich habe nur gesehen, wie Adriano selber mit seinem Boot weggefahren ist«, antwortete er.

»Was?«, rief ich. »Bist du ganz sicher, dass das heute Mittag war?«

»Natürlich, ich bin doch nicht blöd«, meinte er, während er die Stühle am Nachbartisch ordentlich aufstellte.

Jetzt nur nicht gleich durchdrehen. Nur weil die beiden Wasserstoffblondinen heute Mittag mit einem Boot abgeholt worden waren, hieß das noch lange nicht, dass Adriano sie abgeholt hatte. Der Gardasee war voll mit kleinen motorisierten Booten! Ich bemühte mich, ein entspanntes Gesicht aufzusetzen, damit Fabio nichts von meinen Zweifeln an Adriano bemerkte.

»Fabio, verleihst du dein Boot eigentlich auch?« Der Gedanke schoss mir mit einem Mal durch den Kopf.

»Niemals! Ich brauche es doch jede Nacht, um blonde Touristinnen zu verführen.«

»Sei nicht so frech, Fabio! Du weißt, weswegen ich dich frage.«

»Aber Rosi, ich kann doch kein Boot verleihen, in dem eine Bombe liegt.« Er wurde noch frecher und kicherte unverschämt.

»Fabio, du bist schrecklich«, seufzte ich. »Ach übrigens, morgen werde ich wahrscheinlich nicht kommen. Mein Dr. König hat mich zum Essen eingeladen, und dreimal darfst du raten wohin!«

»Zu Adriano? Am besten schicke ich euch den Prati auch noch hinterher, dann habt ihr eine nette Runde«, meinte Fabio grinsend.

»Sehr witzig«, knurrte ich, bevor ich meinen Spritz ganz leerte und mir die Lippen in Kirschrot nachzog.

Ich zahlte und verabschiedete mich von Fabio, dann ging ich an Adrianos Boot vorbei und weiter zu seinem Ristorante. Mal sehen, welche Erklärung mein Liebster für seine Bootstour vorzuweisen hatte.

Kaum hatte ich das Restaurant betreten, stellte ich fest, dass Adriano nirgendwo zu sehen war. Ich schlängelte mich durch die Tische zur Bar vor, an der Giorgio gerade einen Espresso zubereitete.

»Wo ist er?«, fragte ich gerade heraus.

»Er hat Kopfweh«, antwortete Giorgio.

»Aber das gibt's doch nicht!«, rief ich.

Giorgio zog kurz die Schultern nach oben, als würde er auch nicht mehr wissen.

Ich machte auf dem Absatz kehrt und ging wieder hinaus ins Freie. Auf dem Weg nach draußen stieß ich fast mit Carlotta zusammen, die ihren Blick ruckartig in die andere Richtung lenkte.

Völlig durcheinander überquerte ich den Lungolago und setzte mich auf die Mauer am Wasser. Was hatte das zu bedeuten? Hektisch kramte ich mein Handy aus der Handtasche, das die ganze Zeit abgeschaltet gewesen war, und hoffte, dass mir Adriano vielleicht doch noch eine Nachricht hinterlassen hatte. Nichts. Stattdessen war eine weitere SMS von Federico Prati eingegangen: »Sehr geehrte Frau Holzwurm, bitte lassen Sie uns reden, damit wir für das, was zwischen uns steht, eine Lösung finden. Ich warte in der Bar ›Al Porto‹ auf Sie.« Obwohl ich mich erneut über die Aufdringlichkeit dieses Antiquitätenhändlers ärgerte, kümmerte ich mich nicht weiter darum. Ich wählte die Nummer von Adrianos Handy, aber er ging nicht ran. Sein Boot hatte ich jedenfalls gerade noch im alten Hafen liegen sehen, vielleicht hatte er ja tatsächlich Kopfschmerzen und war früh zu Bett gegangen.

Ich steckte mein Handy in die Tasche und schlenderte nach Hause. Morgen Abend würde sich schon herausstellen, was ihm noch an mir lag, wenn ich mit Dr. König in seinem Ristorante essen würde. Müde steckte ich den Schlüssel ins Schloss der Haustür und sperrte auf. Ich schaltete das Licht an, nahm den vorhin abgestellten Korb und den Rucksack mit und stieg die Stufen hoch zu meiner Wohnung.

Ein gepresster, jaulender Laut kam aus der Richtung von Signora Brunas Küche. Was war das? Ich blieb stehen und lauschte. Da war es wieder! Eigenartig, aber wahrscheinlich hatte nur eine Katze draußen gemaunzt. Ich ging weiter nach oben, öffnete die Tür meiner Wohnung und betätigte den Lichtschalter. Um Himmels willen, was war denn hier los? Der Inhalt meiner Schränke und Schubladen lag wild verstreut auf dem Boden, eine Kommode war komplett umgeschmissen worden und die Matratze meines Bettes hing quer über die Bettkante. Schlagartig wurde mir bewusst, dass ich sofort hinunter musste. Wie von der Tarantel gestochen sprang ich die Treppen nach unten und öffnete die Küchentür.

»Signora Bruna!«, schrie ich, als ich meine Vermieterin an einen umgefallenen Stuhl gefesselt auf dem Boden liegen sah. »Bleiben Sie ganz ruhig, ich helfe Ihnen!« Mit zitternden Fingern löste ich den Knoten des Küchentuchs, mit dem man die arme Frau geknebelt hatte. »Signora Bruna, was ist passiert? Haben Sie Schmerzen?«

»Holen Sie die Schere aus der Schublade neben dem Besteckkasten«, wies mich Signora Bruna mit fester Stimme an, »und dann schneiden Sie das Klebeband um meine Handgelenke und an den Beinen auf!«

Sämtliche Schubladen in der Küche standen offen, sodass ich die Schere gleich entdeckte und meine tapfere Vermieterin befreien konnte. »Und jetzt holen Sie uns erst einmal den Grappa, der oben auf dem Wohnzimmerschrank steht.«

Auch in Signora Brunas Wohnzimmer im ersten Stock hatten der oder die Einbrecher gewütet. Überall lagen geöffnete Schubladen, umgekippte Sessel, Tischdecken, Stoffservietten und alte Fotos auf dem Boden. Ich nahm gleich die ganze Grappaflasche mit, schnappte zwei Schnapsgläser aus der Vitrine und ging wieder nach unten in die Küche.

»Sie sollten Ihre Ohren kontrollieren lassen, Rosi.« Mit einem Gesundheitstipp von Signora Bruna hatte ich in diesem Moment überhaupt nicht gerechnet. »Haben Sie mich denn nicht gehört, als Sie vorhin Ihre Sachen in den Flur gestellt haben?«

»Ach du meine Güte, solange liegen Sie hier schon? Es tut mir fürchterlich leid, Signora Bruna, aber ich habe absolut nichts gehört«, sagte ich und wischte mir den Schweiß der Aufregung von der Stirn.

»Jetzt schenken Sie uns erst einmal einen Grappa ein, und dann erzähle ich Ihnen alles«, meinte Signora Bruna ganz ruhig, während sie ihre zerzausten Haare zu einem neuen Zopf zusammenband.

»Sind Sie in Ordnung?«, fragte ich. »Oder soll ich einen Arzt rufen?«

»Ach was, die paar blauen Flecken heilen von allein«, sagte Signora Bruna.

Wir setzten uns an den Küchentisch und tranken einen Schluck vom Tresterschnaps.

»Mir kann nichts gestohlen worden sein, mein ganzer Schmuck ist beim Juwelier in Gargnano«, meinte Signora Bruna. »Aber vielleicht sollten Sie einmal nachsehen, was bei Ihnen fehlt, Rosi, bevor wir alles besprechen.«

In meinem Kopf drehte sich nur ein einziger Gedanke: War dies ein normaler Einbruch gewesen, oder waren der oder die Einbrecher hinter der Bratsche von Gasparo da Salò her?

»Ich komme gleich wieder«, sagte ich und stieg nach oben.

Ich hatte eine Befürchtung, der ich sofort nachgehen musste. In meinem Zimmer ging ich zur offenen Nachttischschublade und starrte hinein. Es war also doch etwas gestohlen worden. Der Zettel von Otto Simon aus dem Bratschenkasten war verschwunden, ich hatte ihn zusammen mit der Zeitung mit der Mordmeldung in die Schublade gelegt. Jetzt hatte ich Gewissheit. Der oder die Einbrecher waren auf der Suche nach der Bratsche gewesen, und nun wussten sie, dass ich das Instrument tatsächlich an mich genommen und irgendwo versteckt hatte. Wegen dieses Instruments hatte Otto Simon höchstwahrscheinlich eines unnatürlichen Todes sterben müssen, und zwei alte Damen waren niederträchtig und brutal überfallen worden. Der oder die Täter würden sicher nicht davor zurückschrecken, noch einen weiteren Mord an einer deutschen Putzfrau in Limone zu begehen.

Langsam ging ich hinunter zu Signora Bruna.

»Und?«, fragte sie, als ich mich neben sie setzte. »Haben die Einbrecher gefunden, wonach sie gesucht haben?«

»Woher wissen Sie, dass die Einbrecher etwas Bestimmtes gesucht haben?«, fragte ich.

»Ich bin nicht dumm, Rosi. Es waren zwei. Die beiden Männer hatten sich Damenstrümpfe über den Kopf gezogen, sodass man sie nicht erkennen konnte. Sie haben vor mir kein Wort miteinander gesprochen, aber nachdem sie mich in der Küche überwältigt, gefesselt und geknebelt hatten, sind sie sofort zu Ihnen in die Wohnung hoch und haben dort alles auf den Kopf gestellt. Aber bei Ihnen haben sie wohl nicht gefunden, wonach sie gesucht haben. Ich habe gehört, wie sie wieder runter in meine Wohnung gegangen sind und dort weitergesucht haben.«

Ich starrte in mein Grappaglas. Wenn mir Aldo Farelli jetzt etwas anhängen wollte, hatte ich nicht einmal mehr den Beweis, dass ich diese Bratsche rechtmäßig an mich genommen hatte.

»Rosi, wollen Sie mir nicht die Wahrheit sagen? Ich merke doch seit Tagen, dass Sie etwas bedrückt. Immerhin stecke ich jetzt doch auch ein bisschen mit in der Sache drin, oder?«, sagte Signora Bruna. »Wenn Sie mir alles erzählen, können wir vielleicht sogar auf die Polizei verzichten. Ist das in Ihrem Sinne, Rosi?«

Das war zwar schon in meinem Sinne, aber konnte ich Signora Bruna wirklich alles erzählen, ohne dass morgen ganz

Pieve di Tremosine wusste, wo die Bratsche von Gasparo da Salò versteckt war? Ein schrecklicher Gedanke ergriff auf einmal Besitz von mir. Was, wenn mir ebenfalls etwas zustoßen würde? Sollte dann nicht wenigstens eine weitere Person die Wahrheit kennen? War ich es Signora Bruna nicht sogar schuldig, ihr zu erklären, warum sie so brutal überfallen worden war?

Ich trank einen Schluck Grappa und überlegte. Signora Bruna saß still auf ihrem Stuhl und wartete auf meine Entscheidung. Sie hatte mich in ihr Haus aufgenommen wie eine Tochter, ich hatte wirklich keinen Grund, ihr zu misstrauen. Nach einem weiteren Schluck Grappa begann ich, ihr alles zu berichten, was sich in den letzten Tagen zugetragen hatte.

18

Mit gemischten Gefühlen wachte ich am nächsten Morgen auf. Nachdem ich Signora Bruna mein Herz ausgeschüttet hatte, war ich etwas erleichtert. Es hatte gutgetan, offen mit jemandem sprechen zu können. Signora Bruna hatte mir hoch und heilig versprochen, ihre Tochter erst über die Angelegenheit zu informieren, nachdem ich die Bratsche bei Signora Bertolotti in Salò abgeliefert und die Polizei über Otto Simons Identität aufgeklärt hatte. Außerdem war sie der Meinung, dass ich mich richtig verhalten hatte und dass es ein Beweis meiner Ehrenhaftigkeit war, dass ich Otto Simons letzten Willen erfüllen wollte. Angesichts der brutalen Vorgehensweise der Täter, die sie am eigenen Leib verspüren musste, ermahnte sie mich jedoch, auf der Hut zu sein. Ich sollte mich nur an belebten Orten aufhalten und auf keinen Fall ohne Begleitung am Abend allein durch die dunklen Gassen laufen. Außerdem hatten wir beschlossen, die Haustür in Zukunft zweimal von innen abzusperren, und Signora Bruna würde bis auf Weiteres ihre Küchenfenster im Erdgeschoss geschlossen halten.

Doch ich konnte mich nicht den ganzen Tag zu Hause verbarrikadieren. Ich musste heute drei Ferienwohnungen putzen, und am Abend wollte mich ja Dr. König zum Essen abholen. Natürlich hatte ich keineswegs die Absicht, die Nacht mit ihm zu verbringen. Langsam sollte ich mir einen Plan ausdenken, wie ich möglichst elegant aus der Sache herauskam, ohne dabei unsere Geschäftsbeziehung zu zerstören. Ich beseitigte einen Teil des Chaos, das die Einbrecher in meiner Wohnung hinterlassen hatten. In der Nacht war ich natürlich erst einmal Signora Bruna beim Aufräumen behilflich gewesen, und anschließend war ich so müde gewesen, dass ich nur noch mein Bett in Ordnung gebracht und mich hineingelegt hatte.

Gegen zehn Uhr verließ ich das Haus und spähte in beide Richtungen der Via Castello. Außer einer Touristenfamilie mit mehreren Kleinkindern und zwei Nachbarinnen, die sich unterhielten, war niemand zu sehen. Ich ertappte mich dabei, dass ich nach Dino Farelli Ausschau hielt, dabei wusste ich doch nicht einmal, ob er an dem gestrigen Einbruch überhaupt beteiligt gewesen war. Es konnte sich genauso gut um zwei wildfremde Männer gehandelt haben.

Ich stieg auf meine Vespa und fuhr zur Hauptstraße hoch. Es war bereits eine Menge los, aus der Bar »Tursita« kam gerade eine Gruppe Motorradfahrer heraus und begab sich zu ihren vor der Bar geparkten Maschinen. Die *Gardesana occidentale*, die sich durch zahlreiche, in die Felsblöcke geschlagene Tunnel entlang des Sees schlängelte und immer wieder mit atemberaubenden Ausblicken aufwartete, war eine bei Motorradfahrern äußerst beliebte Strecke. Die Straße galt als eine der schönsten Routen Europas, die die motorisierten Biker natürlich besonders an den Wochenenden anzog. Vor der Touristeninformation auf der gegenüberliegenden Straßenseite standen ein paar durchgestylte Mountainbiker mit ihren Rädern und studierten auf einer Karte die Radwege, die sich oberhalb von Limone die Berge hinaufwanden. Ein Polizist überwachte am Straßenrand den Verkehr.

Beruhigt fuhr ich an den vielen Menschen vorbei, inmitten dieses Getümmels fühlte ich mich absolut sicher. Kein Mensch würde es wagen, mich am helllichten Tag im belebten Limone zu überfallen. Ich lenkte meine Vespa nach rechts in die Via Caldogno zur Hausverwaltung der beiden Ferienwohnungen, die ich reinigen musste, besorgte die Schlüssel und holte den Putzwagen aus der Putzkammer.

Die Wohnungen lagen nebeneinander ebenerdig vor einem kleinen Pool im Garten der Anlage, die Sonne schien gleißend durch die gläsernen Terrassentüren in die hellen Zimmer hinein. Was den Urlauber freut, macht der Putzfrau zu schaffen. In der ersten Wohnung stand die Luft heiß und stickig, da sämtliche Fenster geschlossen waren, als ich dort ankam. Wenigstens musste ich mich bei der Hitze nicht beeilen, da die Wohnungen erst morgen wieder belegt wurden. Ich öffnete alles, was zu öffnen war, und begann mit der Arbeit. Die Familie, die hier die letzten Tage verbracht hatte, hatte vier Schnuller, diverse Legosteine und eine handgroße schwarze Monsterspinne aus Gummi in der Wohnung vergessen. Die Monsterspinne lag allerdings dermaßen zentral im Wandschrank platziert, dass ich den Verdacht hatte, ein kleiner Bengel hatte sie extra für mich oder für die Nachmieter dort hinterlegt. Mein Handy klingelte.

»Putzagentur ...«

»Melde dich doch nicht so, ich kann es nicht mehr hören«, unterbrach mich meine Schwester.

»Johanna, ich hoffe, du bist inzwischen zur Vernunft gekommen und lässt den armen Leopold da, wo er hingehört.«

»Der arme Leopold muss sogar da bleiben, wo er hingehört, er liegt nämlich im Krankenhaus.«

»Was?«, rief ich.

»Er hat sich den Fuß gebrochen. Er ist in der Nacht über das weiß-blaue Schlauchboot gestolpert, das ich ihm gestern gekauft habe.«

»Aber weswegen kaufst du ihm ein weiß-blaues Schlauchboot?«, fragte ich.

»Ich habe ihm gesagt, er muss mit dir und einer Flasche Champagner nachts in dem Schlauchboot auf den Gardasee rausfahren. Er soll es genauso machen wie der Italiener, hab ich ihm gesagt, dann funktioniert das schon.«

»Bist du komplett verrückt geworden, Johanna?«, rief ich. Das war doch nicht zu fassen!

»Natürlich wollte er wissen, ob es auch mit Weißbier geht, aber ich habe gesagt: Leopold, wenn du jetzt nicht das tust, was ich dir sage, übernehme ich keine Garantie mehr.«

Ich konnte nicht glauben, was meine Schwester da von sich gab. »Was denkst du dir eigentlich dabei, dem armen Leopold so einen Schwachsinn zu erzählen.«

»Du solltest mir auf Knien danken, dass ich sämtliche Hebel in Bewegung setze, um dein aus den Fugen geratenes Leben wieder in geordnete Bahnen zu zwingen«, brüllte Johanna zurück, dann begann sie zur Abwechslung zu schniefen. »Und nun liegt er da, der arme Leopold, ganz allein in diesem großen Krankenhaus, und keiner kümmert sich um ihn, weil seine Verlobte ja zum Putzen nach Italien gefahren ist.«

Ich holte tief Luft und bemühte mich, ruhig zu bleiben. Über meine Schwester würde ich mich heute nicht auch noch aufregen.

»Leider habe ich das Schlauchboot ja nun umsonst gekauft«, fuhr sie in gefasstem Ton fort. »Aber man könnte es natürlich auch auf dem Tegernsee einsetzen.«

»Jetzt reicht's, Johanna, ich habe heute keinen Nerv für dich«, sagte ich kurzerhand und legte auf. Wie hatte ich mit meiner Schwester nur so lange unter einem Dach leben können? Leopold sollte froh sein, dass ihm diese Schwägerin erspart blieb.

Kopfschüttelnd ging ich wieder an die Arbeit, wischte die Möbel ab und putzte die Fenster. Nachdem ich auch die Küchenzeile und das Bad gereinigt hatte, füllte ich einen Kübel mit warmem Wasser und Putzmittel und begann im Wohnbereich vor der geöffneten Terrassentür mit dem Wischen des Fliesenbodens. Die Arbeit in der feuchtwarmen Luft war anstrengend und trieb mir die Schweißperlen auf die Stirn. Bestimmt nahm ich gerade mindestens ein Kilo ab.

Ich wischte mich durch die beiden Schlafzimmer und die Küche ins Bad vor und schob den Schrubber unter das Bidet, da riss mich plötzlich eine gewaltige Kraft ruckartig am Hals nach hinten. Eine kräftige Hand hielt mir brutal den Mund zu.

»Du machen was ich sage, Frau Holzewurme, sonst ich brechen dir das Genick!«, sagte eine mir bekannte Stimme dicht an meinem Ohr. Der Arm von Aldo Farelli drückte mir derart stark auf die Kehle, dass ich das Gefühl hatte, gleich zu ersticken. Ich stand so unter Schock, dass ich gar nicht erst versuchte, mich zu wehren.

Aldo schubste mich grob in den Wohnbereich zurück, wo

mich sein Neffe Dino bereits mit einem auf mich gerichteten Butterflymesser erwartete. Er drückte die Messerspitze an meinen Hals und sagte: »Hinsetzen!«

Aldo hielt mir den Mund zu, während Dino einen Stuhl vom Tisch hob, den ich zum Bodenwischen umgedreht hochgestellt hatte. Ich setzte mich. Mein Herz schlug mir bis zum Hals.

19

Aldo nahm seinem Neffen das Messer ab und bohrte es in meine Haut. Dino schloss unterdessen die Terrassentür und die Fenster und zog die hellen Vorhänge zu. Ohne Sonnenbrille konnte ich zum ersten Mal die fiesen Gesichtszüge von Dino Farelli sehen. Der Mann hatte so eiskalte Augen, dass es mich schauderte. Er stellte sich hinter mich, dann übernahm er wieder das Messer von seinem Onkel und hielt es mir quer vor den Hals. Eine schnelle Bewegung, und er konnte mir mit der scharfen Klinge die Kehle durchschneiden. Aldo hob einen weiteren Stuhl vom Tisch und setzte sich wie zu einem Verhör mir gegenüber.

»Frau Holzewurme, habe ich Sie nicht gesagt, dass man mit Aldo Farelli macht keine Spaß? Was tun Sie in die Wohnung von Otto Simon? Putzen? Oder baden? Oder stehlen?«, fragte er provozierend grinsend.

Mein Mund war vor Angst so trocken, dass ich kaum sprechen konnte, trotzdem hatte ich das dringende Bedürfnis, mich wenigstens verbal zu wehren. »Sie haben selber etwas gestohlen, Signor Farelli, nämlich das Sterbebild von Paolo Bertolotti.«

Aldo Farelli tat so, als hätte er nicht gehört, was ich gerade gesagt hatte. Mit aufgeregter Stimme rief er: »Frau Holzewurme, wir wissen, dass Sie haben die Viola von Signor Simon gestohlen. Wo Sie haben die Viola versteckt?« Sein dunkel gebräuntes Gesicht gewann noch weiter an Farbe.

»Ich habe sie nicht mehr, ich habe sie verkauft.« Eine Notlüge, mit der ich versuchte, diesem schrecklichen Szenario zu entkommen.

»An wen Sie haben die Bratsche verkauft, Frau Holzewurme?«, bohrte Aldo. Dino drückte mir das Messer fester an den Hals, sodass ich das Gefühl bekam, bei der kleinsten Bewegung würde sich die Klinge in mein Fleisch bohren. Was sollte ich nur sagen?

»Federico Prati«, hauchte ich in meiner Not. Ich war fast ohnmächtig vor Angst.

Der Druck der Klinge an meinem Hals nahm etwas ab, Aldo sah seinen hinter mir stehenden Neffen verdutzt an.

»Sie lügen, Frau Holzewurme!«, rief er plötzlich stinksauer und beugte sich weiter zu mir vor. Die Klinge drückte wieder stärker auf meine Kehle.

»Aber ich will sie wirklich an Federico Prati verkaufen«, stammelte ich zitternd. Tausend Gedanken schossen mir durch den Kopf. Woher hatte Aldo so schnell gewusst, dass ich gelogen hatte? Arbeiteten die Farellis vielleicht für Federico Prati? Oder war ich eine so schlechte Schauspielerin, dass er mir die Notlüge nicht abgenommen hatte? Rosi, die bringen dich um, hämmerte es in meinem Kopf.

»Frau Holzewurme, wenn Sie nicht sagen die Wahrheit, ich muss werden sehr böse zu Ihnen. Sehr, sehr böse«, flüsterte er nun direkt vor meinem Gesicht.

»Aufstehen!«, sagte Dino hinter mir und bohrte zur Abwechslung wieder die Spitze des Messers in meinen Hals. Ich tat, was er verlangte, dann schubste mich Dino ins fensterlose Bad, Aldo kam hinterher und schloss die Tür.

»Bitte lassen Sie mich telefonieren«, flehte ich. »Die Bratsche ist bei einem Freund, er wird sie herbringen.«

Aldo blickte skeptisch zu seinem Neffen. »Frau Holzewurme, wenn Sie lügen schon wieder, Sie werden es sehr bereuen«, drohte er mir. »Sie mir sagen die Nummer, und ich rufe an. Wo ist Ihre *telefonino*?«

»In meiner Handtasche d-draußen auf dem T-Tisch«, stotterte ich. Fabio würde mich nicht hängen lassen, er würde den Strandsack bringen, und die beiden Verbrecher würden mich wieder freilassen. Otto Simon würde es sicher verstehen, dass ich seinen Auftrag unter diesen Umständen nicht mehr erfüllen konnte.

Ich lehnte zitternd im engen Bad mit der Hüfte am Waschbecken, Dino stand neben mir und hielt mir von der Seite das Messer an den Hals. Auf einmal berührte mein rechter Handrücken eine Plastikflasche, die ich auf dem Rand des Waschbeckens hatte stehen lassen. Hoffnung keimte in mir auf. Ich hatte doch noch eine Chance.

Binnen des Bruchteils einer Sekunde richtete ich die Sprühflasche mit dem Badreiniger auf Dino Farelli und sprühte das Putzmittel in seine Augen. Dino jaulte vor Schmerzen auf, ließ das Messer fallen und rieb sich schreiend die Augen. Aldo stürzte mit meinem Handy in der Hand ins Bad. Der breit gestreute Strahl des Badreinigers traf ihn mitten ins Gesicht. Mein Handy fiel auf den Boden, und Aldo sackte ebenfalls schreiend auf die Knie, während er vergeblich versuchte, sich den brennenden Reiniger aus den Augen zu wischen.

Erleichtert hob ich mein Handy auf und rannte aus dem Bad. Kaum draußen, drehte ich sofort wieder um. Ich zog den sich vor Schmerzen windenden und schreienden Farellis ihre Handys aus den Hosentaschen, hob das Butterflymesser auf, nahm meinen Schrubber und den sensationell wirksamen Badreiniger und zog den Schlüssel von der Innenseite der Badtür ab. Dann sperrte ich die Badtür von außen zu, räumte meinen Putzwagen ein und schob ihn nach draußen. Ich schloss die Wohnungstür ab und ging zur Ferienwohnung nebenan, wo ich gewissenhaft meine Arbeit erledigte.

Im Putzwasser meines Eimers schwammen währenddessen zwei edle Handys und ein Butterflymesser. Da die beiden Badezimmer der Ferienwohnungen nebeneinander lagen und wohl über einen gemeinsamen Lüftungsschacht verfügten, konnte ich das Gejammer und Gejaule aus dem Nachbarbad hören, unter das sich nach und nach immer mehr italienische Schimpfwörter der übelsten Kategorie mischten.

Nachdem ich auch die zweite Wohnung fertig geputzt hatte, brachte ich die Schlüssel zur Hausverwaltung und fuhr zurück in die Stadt. Zwischendurch machte ich einen Stopp an einem Mülleimer, wo ich zwei nasse Handys und ein Butterflymesser entsorgte. Vor der Pizzeria »Torcol« an der Hauptstraße hielt ich an, bestellte eine große Pizza mit allem und ein Stück Zitronentorte zum Mitnehmen und fuhr damit zu meiner nächsten Ferienwohnung in der Via Milanesa, wo ich mich auf die schattige Terrasse setzte und ein spätes Mittagessen einnahm. Als ich die Pizza und die Zitronentorte verdrückt hatte, lehnte ich mich gemütlich zurück.

Leopold würde also nicht nach Limone kommen, das war die gute Nachricht des Tages. Und den Farellis hatte ich eindrucksvoll gezeigt, wo der Hammer hängt. Das hatte ich gut gemacht. Die Bratsche lag nach wie vor sicher auf Fabios Boot, und die Farellis waren erst einmal kaltgestellt. Da ich ihnen die Handys abgenommen hatte, würden sie nicht so schnell aus ihrem Gefängnis herauskommen. Morgen Vormittag würde ich mit dem Linienschiff und der Bratsche im Gepäck nach Salò fahren und vom Schiff aus bei der Hausverwaltung anrufen. Ich würde erzählen, dass mich die beiden Halunken bei der Arbeit überfallen hatten, dass ich mich mit Hilfe des Badreinigers wehren und sie im Bad einsperren konnte. Da ich etwas im Stress gewesen war, hätte ich vergessen, den Vorfall gleich zu melden.

Mit Schaudern erinnerte ich mich an den eiskalten Blick von Dino Farelli. Dieser Mann hätte mir ohne mit der Wimper zu zucken die Kehle durchgeschnitten, wenn sein Onkel es verlangt hätte. Ich war mir sicher, dass die beiden Farellis am mysteriösen Tod von Otto Simon beteiligt gewesen waren. Außerdem lag es auf der Hand, dass sie es waren, die letzte Nacht in Signora Brunas Haus eingebrochen waren. Aber woher wussten sie, dass diese Bratsche so viel Geld wert war? Trotz zielstrebiger Vorgehensweise hielt ich die beiden für nicht besonders schlau. Ob es einen Hintermann gab, für den die Farellis arbeiteten? Ob dieser Hintermann Federico Prati war?

Ich holte mein vom Sturz etwas angekratztes Handy aus der Handtasche und sah nach, ob Mitteilungen eingegangen waren. Tatsächlich, Federico Prati hatte mir bereits um kurz nach halb elf Uhr eine SMS geschrieben. Während des Putzens hatte ich den kurzen Signalton wohl überhört. »Sehr geehrte Frau Holzwurm, es ist sehr schade, dass Sie nicht auf meine Vorschläge eingehen. Dann werde ich mir etwas anderes überlegen müssen, um Sie zu überzeugen, dass wir uns treffen sollten. Federico Prati.«

Im Nachhinein klang diese SMS wie die Ankündigung des brutalen Überfalls auf mich. Oder waren meine Nerven mittlerweile so strapaziert, dass ich in die harmlose Anmache eines hartnäckigen Verehrers die wildesten Vermutungen hineininterpretierte?

Morgen um diese Zeit war ich bereits in Salò, und würde mich so lange vor die Haustür von Signora Bertolotti stellen, bis sie vom Krankenhaus nach Hause kam. Und dann würde ich zur Polizei gehen und dort aussagen, dass ich die beiden Farellis verdächtigte, am Tod von Otto Simon beteiligt gewesen zu sein. Damit würde der Spuk endlich ein Ende haben.

Erholt und gestärkt begann ich mit der Reinigung der dritten Ferienwohnung am heutigen Tag. Obwohl auch diese Wohnung im Erdgeschoss lag, ließ ich während der Arbeit bedenkenlos sämtliche Türen und Fenster offen. Die Farellis würden mich im Moment bestimmt nicht mehr erschrecken.

Meine Gedanken wanderten zu Dr. König. Es gab mehrere Möglichkeiten, wie ich heute Abend vorgehen konnte. Vielleicht sollte ich ihm sagen, dass ich nach längerem Überlegen doch zu dem Ergebnis gekommen sei, dass man Privates und Geschäftliches nicht vermischen sollte. Und wenn er anderer Meinung war, könnte ich versuchen, ihn derart mit Alkohol abzufüllen, dass seine Potenz auf den Nullpunkt schrumpfte. Aber das war keine Dauerlösung. Ich beschloss, mich besser auf die erste Möglichkeit zu konzentrieren. Außerdem wollte ich Dr. König noch ein wenig über berühmte und seiner Meinung nach überschätzte Musiker ausfragen, die auf alten Instrumenten spielten. Das Thema interessierte mich.

Mir fiel ein, was mein Schreiberling über Frau Dr. Ewald gesagt hatte. Sie hatte sich bei ihm beschwert, weil er einen von ihr heiß geliebten Bratscher verrissen hatte, der auf einer echten Gasparo da Salò spielte. Laut Dr. König setzte bei der Ärztin der Verstand aus, wenn sie eine Bratsche hörte.

Ich unterbrach meine Kehrarbeit. Konnte es sein, dass Frau Dr. Ewald etwas mit der Jagd auf die Bratsche von Gasparo da Salò zu tun hatte? Nein, niemals. Sie war eine ehrenwerte Frau, die bestimmt nicht in irgendwelche kriminellen Machenschaften verwickelt war. Außerdem war sie vermögend und hatte es nicht nötig, teure Instrumente zu stehlen. Und von der Bratsche selbst hätte sie auch nichts gehabt, sie konnte das Instrument doch gar nicht spielen. Aber woher wollte ich das eigentlich wissen? Vielleicht musizierte sie nur in ihrem Haus in Starnberg?

Grübelnd putzte ich die Küche der Ferienwohnung. Eigentlich kannte ich Frau Dr. Ewald kaum. Im Grunde kannte ich von allen meinen Kunden nur ihre Gewohnheiten hier am Gardasee. Und was wusste ich überhaupt von Otto Simon, dass ich mein Leben riskierte, um seinen letzten Willen zu erfüllen? Wie war er eigentlich zu der Bratsche gekommen? Vielleicht hatte er die Bratsche sogar selbst irgendwo gestohlen.

Ich erinnerte mich an mein Gespräch mit Livio in seiner Osteria. Hatte Livio nicht gesagt, dass Otto Simon zusammen mit einer Frau in seiner Osteria gegessen hätte, die deutlich älter war als er? Ich hatte angenommen, dass es sich um Signora Bertolotti aus Salò gehandelt hatte, aber Frau Dr. Ewald war Mitte fünfzig und damit ebenfalls deutlich älter als Otto Simon. Die Sache ließ mir keine Ruhe. Ich musste unbedingt herausfinden, ob sich Frau Dr. Ewald und Otto Simon kannten.

20

Als ich mit der Ferienwohnung fertig war, stieg ich auf meine Vespa und fuhr die holprige Via Milanesa weiter nach oben, bis ich vor dem Haus stand, in dem Frau Dr. Ewald ihre Wohnung hatte. Es war Freitagnachmittag. Normalerweise kam sie immer am Freitag, aber ihr Parkplatz war noch leer. Ich nahm die Treppen in den dritten Stock, sperrte die Wohnung auf und trat ein. Im Wohnzimmer ging ich an den Regalen mit der CD-Sammlung der Frau Doktor vorbei und sah auf einmal nur noch das Wort »Viola«. Dass mir diese spezielle Vorliebe so lange nicht aufgefallen war.

Ich öffnete die gläserne Vitrine neben dem CD-Regal und nahm ein großes, gerahmtes Foto heraus. Es war das einzige Foto in der Wohnung und zeigte Frau Doktor stehend auf einem Segelboot. Sie zog gerade kraftvoll ein Segel nach oben und lächelte in die Kamera, ihre schulterlangen dunklen Haare wehten im Wind. Die schlanke, dynamische Frau vermittelte den Eindruck, dass sie jeder Lebenslage gewachsen war. Ich steckte das gerahmte Foto in meine Handtasche, schloss die Vitrine und verließ die Wohnung.

Als meine Vespa auf dem Weg zur »Osteria Livio« die Via Campaldo entlangknatterte, sah ich, dass Dr. König sämtliche Fensterläden geschlossen hatte. Offenbar hielt er gerade eine ausgedehnte Siesta, damit er heute Abend fit war, um mir seine geballte Manneskraft zu demonstrieren.

Nach ein paar weiteren Metern blickte ich sehnsüchtig auf die Poolanlagen der Hotels »Christina« und »San Pietro«. Eine kurze Abkühlung würde mir jetzt auch guttun. Meinen Badeanzug trug ich in der Handtasche spazieren, weil ich eigentlich vorgehabt hatte, den uneingesehenen kleinen Pool der beiden Ferienwohnungen von heute Vormittag zu nutzen. Meine ungebetenen Gäste hatten mich jedoch dermaßen aus dem Konzept gebracht, dass ich es glatt vergessen hatte. Ich nahm mir vor, später noch an den Strand zu fahren und einen Sprung in den See zu machen, schließlich wollte ich auch etwas haben von meinem Leben im Dolce-Vita-Land.

Endlich erreichte ich die »Osteria Livio« und stellte meine Vespa ab. Der Garten der Osteria war fast leer, die Mittagsessenszeit war vorbei. Nur ein Grüppchen älterer deutscher Touristen in Gesundheitssandalen ruhte sich im Schatten der Olivenbäume aus. Sie redeten über ekelhafte Riesenspinnen und über die scharfen Zähne von Löwen, was ein eindeutiges Indiz dafür war, dass sie soeben die Kuriositätensammlung im Geburtshaus des heiligen Comboni besucht hatten. Da kam Livio aus dem Lokal und servierte den Herrschaften große, verführerisch aussehende Eisbecher. Rosi, setz dich und gönn dir auch so eine kleine Erfrischung, sagte meine innere Stimme. Frau Dr. Ewald würde bestimmt erst am Abend in Limone ankommen, mir blieb also noch genug Zeit, das Foto zurückzubringen.

»Ciao, Rosi«, rief Livio in wenig begeistertem Ton, als er mich sah. »Der Koch macht schon Pause.«

»Ich will keine Penne all'arrabbiata, aber einen großen Eisbecher mit Früchten und viel Sahne«, sagte ich.

»Na dann«, meinte Livio lächelnd. »Sonst alles in Ordnung?«

»Livio, ich habe eine Frage.« Ich holte das Foto von Frau Dr. Ewald aus der Handtasche und zeigte es ihm. »War das hier die Frau, mit der Otto Simon in deinem Lokal gegessen hat?«

Livio nahm das gerahmte Bild in die Hand und drehte es hin und her. »Die Haare waren ganz anders, aber ich glaube ja, sie war es.«

»Bist du ganz sicher?«, hakte ich nach.

»Ja, doch, ich bin ganz sicher«, meinte Livio nach einem letzten Blick auf das Foto.

Mein Verdacht hatte sich also tatsächlich bestätigt. Dabei

hatte ich so gehofft, dass Livio meine nette Frau Doktor nicht als die Bekannte von Otto Simon identifizieren würde. Was hatte das denn nun zu bedeuten? Es konnte doch nicht sein, dass Frau Dr. Ewald etwas mit dem Tod von Otto Simon zu tun hatte. Oder etwa doch?

»Rosi, wann hast du eigentlich Otto Simon zuletzt gesehen?«, fragte Livio plötzlich.

»Am Montag, warum?«

»Jetzt bringe ich dir erst einmal deinen Eisbecher, und dann möchte ich dir auch etwas zeigen.« Mit geheimnisvoller Miene verschwand er im Haus.

Mir dämmerte ziemlich schnell, was er mir erst nach dem Essen zeigen wollte. Es musste sich um das Bild des toten Otto Simon in der Zeitung handeln. Wie konnte ich nur so blöd sein, dass ich nicht daran gedacht hatte. Natürlich hatten auch andere Leute Otto Simon erkannt! Womöglich wartete die Polizei schon vor meiner Haustür, um mich zu dem Fall zu befragen. Außer den Farellis gab es schließlich noch andere Menschen, die Otto Simon gekannt hatten und die wussten, dass ich bei ihm geputzt hatte. Allerdings war es nicht leicht, dieses bleiche, aufgeschwemmte Gesicht aus der Zeitung Otto Simon zuzuordnen. Wenn ich nicht geahnt hätte, dass ihm etwas passiert sein könnte, hätte ich ihn vielleicht auch nicht erkannt.

Livio brachte meinen Eisbecher, und ich versuchte, mich wieder zu beruhigen. Nur noch bis morgen Mittag, und dann konnte von mir aus jedermann wissen, dass die Leiche von Otto Simon aus dem Gardasee gefischt worden war. Genüsslich verzehrte ich das leckere Eis, das eine wunderbare Zwischenmahlzeit bei dieser Hitze war. Als ich mit dem langstieligen Löffel den letzten Rest Erdbeereis aus der Tiefe des Eisbechers kratzte, kam Livio mit einer gefalteten Zeitung auf mich zu. Hatte ich es doch gewusst!

»Rosi, hast du schon einmal eine Wasserleiche gesehen?«, fragte er ohne Umschweife.

»Bitte?« Ich hatte beschlossen, mich blöd zu stellen.

»Ich weiß nicht, ob ich dir das zeigen soll. Aber gestern war in der Zeitung das Bild von einem unbekannten Toten, den man im Gardasee aufgefunden hat.« Livio blickte mich besorgt an.
Ja, und?«, fragte ich.
»Ich finde, dass der Tote Otto Simon verdammt ähnlich sieht und würde dir das Foto gern zeigen und von dir hören, ob du meiner Meinung bist.«
»In Ordnung.« Ich nickte, als wäre seine Bitte das Selbstverständlichste auf der Welt.
Livio schlug die Zeitung vor mir auf, und ich musste wohl oder übel noch einmal das Bild des toten Otto Simon betrachten.
»Also ich glaube nicht, dass er es ist«, sagte ich gefasst. »Otto Simon war viel schlanker im Gesicht, und überhaupt sah er ganz anders aus.
»Ja, schon, aber er könnte durch das Wasser aufgedunsen sein«, gab Livio zu bedenken.
»Eben, aufgedunsene Gesichter schauen doch alle gleich aus. Ich würde bei dem Foto nicht denken, dass es sich um Otto Simon handeln könnte.« Ich legte einen abschließenden Ton in meine Stimme.
»Bestimmt hast du recht, aber der Gedanke an dieses Foto hat mich einfach beschäftigt. Wahrscheinlich würde sich Herr Simon halb totlachen, wenn er wüsste, welchen absurden Gedanken ich gehabt hatte«, meinte er schmunzelnd.
»Allerdings«, presste ich mühsam lächelnd heraus. Otto Simon würde sich nie mehr halb totlachen können, weil er nämlich schon ganz tot war.
»Noch einen Espresso, Rosi?«
»Nein danke, Livio, ich hab noch viel Arbeit vor mir und muss mich sputen«, entgegnete ich, da ich möglichst schnell von der Zeitung weg wollte, die immer noch vor mir auf dem Tisch lag.
Ich zahlte und schwang mich wieder auf meine Vespa, dann fuhr ich zurück in die Via Milanesa zum Haus von Frau Dr. Ewald. Auf dem Weg dort hin bemerkte ich, dass die Fens-

terläden von meinem Schreiberling immer noch geschlossen waren. Vielleicht schützte er sich dadurch vor der Hitze, oder er konnte so konzentrierter arbeiten.

Als ich die Vespa wie gewohnt hinter dem Haus von Frau Dr. Ewald abstellen wollte, sah ich ihr Auto auf dem Parkplatz stehen. Verdammt, ich hätte auf den Eisbecher verzichten sollen, dann hätte ich jetzt ein Problem weniger. Frau Dr. Ewald war es hundertprozentig aufgefallen, dass das Bild nicht mehr in der Vitrine stand. Angestrengt überlegte ich, was ich tun sollte, dann ging ich zur Haustür und klingelte.

»*Pronto?*«, tönte ihre Stimme aus der Gegensprechanlage.

»Hier ist Rosi Holzwurm«, antwortete ich und drückte die summende Haustür auf. Im dritten Stock erwartete mich die Frau Doktor bereits in der Haustür und begrüßte mich überaus freundlich. »Hallo, Frau Holzwurm, das ist ja eine Überraschung. Haben Sie etwas vergessen?«

»Nicht direkt, Frau Doktor, aber ich habe gestern beim Abstauben aus Versehen Ihr schönes Bild umgeschmissen und dabei ist das Glas gebrochen. Jetzt habe ich es ersetzt und wollte das Bild natürlich gleich zurückbringen.«

»Deswegen hätten Sie doch nicht extra herkommen müssen, Frau Holzwurm. Ich habe mich zwar schon gewundert, wo es ist, aber ein Zettel hätte genügt, damit ich Bescheid weiß«, meinte sie mit einem fast mütterlichen Ton in der Stimme. »Vielen Dank übrigens für die zwei Campari-Soda. Den Ersten habe ich gerade auf dem Balkon geöffnet. Wollen Sie nicht das zweite Fläschchen mit mir trinken, dann könnten wir ein wenig plaudern.«

»Warum nicht, vielen Dank.« Ich trat ein. Vielleicht konnte ich ja etwas über die Bekanntschaft zwischen Frau Dr. Ewald und Otto Simon in Erfahrung bringen. Als wir ins Wohnzimmer kamen, lief eine Bratschen-CD, die ich auch schon einmal zum Putzen eingelegt hatte.

»Mögen Sie klassische Musik, Frau Holzwurm?«, fragte Frau Dr. Ewald mich.

»Natürlich, ich spiele Klavier.«

»Ach, das ist ja schön. Meine große Liebe gehört allerdings eher den Streichern, insbesondere den Bratschen. An diesen warmen, sinnlichen Klang kommen andere Instrumente meiner Meinung nach nicht heran. Möchten Sie Eis ins Glas?«, fragte sie mich lächelnd, während sie das Campari-Soda-Fläschchen öffnete.

»Gern bei der Hitze«, antwortete ich.

Frau Dr. Ewald reichte mir meinen Campari, und wir setzten uns auf den Balkon.

»Zum Wohl, Frau Holzwurm«, prostete sie mir zu. Wir nahmen einen Schluck vom bittersüßen Drink.

»Vielen Dank übrigens, dass Sie mir die beiden Olivenpasten besorgt haben. Sie sind ein Engel. Was täte ich bloß ohne Sie?«

»Dann hätten Sie eben einen anderen Engel«, antwortete ich voller Bescheidenheit.

Frau Dr. Ewald war so nett, dass ich es mir einfach nicht vorstellen konnte, dass sie in kriminelle Machenschaften verstrickt sein könnte.

»Wie läuft denn Ihre Putzagentur, Frau Holzwurm? Sind Sie zufrieden oder könnten Sie noch etwas Werbung gebrauchen?«, fragte sie.

»Werbung kann ich natürlich immer gebrauchen, aber diese Woche habe ich erst einen neuen Kunden bekommen. Er kommt aus München, ein Weinhändler, und hat sich eine Wohnung in der Via Tamas gekauft.«

»Ach, Sie sprechen doch nicht etwa von Otto Simon?«, fragte sie mit großen Augen.

»Doch«, meinte ich etwas kurz angebunden. Sie gab also zu, dass sie ihn kannte.

»Na, so ein Zufall! Die Welt ist klein, das hat meine Großmutter schon immer gesagt«, sagte sie in lockerem Plauderton.

»Sie kennen ihn?« Ich konnte nur hoffen, dass sie mir nicht ansah, dass meine Überraschung nicht echt war.

»Ja, schon, aber Sie wissen ja, die ärztliche Schweigepflicht.« Mit einem Schluck am Campari entzog sie sich meinen weiteren Fragen zu Otto Simon.

»Und Herrn Dr. Waldemar König kennen Sie auch. Das hat er mir neulich erzählt.«

»Aber sicher, er hat mir Sie doch als Putzfrau empfohlen«, bestätigte sie. »Allerdings sind wir nicht immer einer Meinung, der Herr Musikkritiker und ich. Während ich alles dafür tue, junge begabte Bratscher zu unterstützen, wirft er ihnen nur Steine in den Weg. Worte können töten, Frau Holzwurm, und erst recht, wenn man ein sensibler Künstler ist.«

Ich trank erneut einen großen Schluck Campari-Soda und überlegte, wie ich möglichst diplomatisch auf ihren Vorwurf antworten sollte.

»Wahrscheinlich hat er als Kritiker einfach eine andere Sichtweise auf die Dinge«, meinte ich.

»Das ist aber sehr freundlich ausgedrückt. Wissen Sie was? Der König hat einen Hass auf Künstler, die auf alten Instrumenten musizieren. Haben Sie so etwas schon einmal gehört?«

»Es gibt nichts, was es nicht gäbe, Frau Doktor. Aber jetzt muss ich wieder weiter, auf mich wartet noch Arbeit.« In Schimpftiraden über Herrn Dr. König wollte ich mich nicht hineinziehen lassen. Schnell trank ich meinen Campari aus und stand auf. Irgendwann würden sich die beiden wieder glänzend verstehen, und dann erinnerte sich Frau Dr. Ewald womöglich daran, dass ich etwas Schlechtes über ihn gesagt hatte.

»Also, dann alles Gute, Frau Holzwurm! Es hat mich gefreut, dass wir uns wieder einmal gesehen haben. Sonst telefonieren wir ja nur!«, rief sie mir winkend hinterher, als ich die Treppen nach unten ging.

Nein, Frau Dr. Ewald konnte nichts mit dem Tod von Otto Simon zu tun haben. Vielleicht hatte der junge Mann Herzprobleme gehabt, und sie war seine Ärztin gewesen, wenn sie schon die ärztliche Schweigepflicht erwähnt hatte. Ob Otto Simon etwa gar nicht ermordet worden, sondern an Herzversagen gestorben war? Aber woher war dann das viele Blut in seiner Küche gekommen? Oder war es doch Rotwein gewesen?

Ich beschloss, diese Überlegungen der Polizei zu überlassen und freute mich auf ein kühles und erfrischendes Bad im Gardasee.

21

Es war sechs Uhr, als ich meine Vespa auf dem Parkplatz am Lungolago parkte. Zwei Ausflugsschiffe näherten sich dem neuen Hafen, um die Touristen nach einer Rundfahrt auf dem See zurückzubringen. Während des Tages buhlten entlang der Uferpromenade die verschiedenen Ausflugsschiffe mit den leicht einprägsamen Namen wie »Goethe«, »Speedy Gonzales« oder »Amigos« eifrig um Fahrgäste, Männer mit Kapitänsmützen verteilten Werbe-Flyer und sprachen die vorbeiflanierenden Touristen an, ob sie nicht Lust auf eine Tagesfahrt nach Sirmione oder Bardolino hätten. Da die Touristen zum Abendessen wieder in ihren Hotels sein wollten, liefen die meisten der Schiffe etwa um diese Uhrzeit wieder ein.

Ich marschierte die paar Meter zum gepflegten, grobkörnigen Sandstrand vor und stellte fest, dass viele Badegäste schon in ihre Hotels aufgebrochen waren, sodass der Strand kaum noch bevölkert war. In einer der Umkleidekabinen zog ich meinen schwarzen, angeblich schlank machenden Badeanzug an, stellte meine Tasche auf eine Steinbank nahe am Ufer und suchte mir zwischen den Felsbrocken, die den Strand teilweise vom Wasser abgrenzten, einen flach abfallenden Zugang zum See. Das Wasser war klar und kühl, genau das Richtige nach diesem hitzigen Tag. Ich stürzte mich ins wohltuende Nass und schwamm drauf los. Es war herrlich, an diesem warmen Sommertag im Wasser zu paddeln, dabei die winzigen Schneefelder in den hohen Lagen des Monte Baldo zu sehen und die Gleitschirmflieger zu beobachten, die wagemutig von den Höhen herunterschwebten.

Wenn mein Adriano nur auch einmal etwas von den Schönheiten seiner Heimat genießen könnte, anstatt immer nur zu arbeiten. Ich freute mich auf den Abend und war schon sehr gespannt darauf, wie er sich verhalten würde. Mein Essen mit

Dr. König würde ihn hoffentlich ordentlich eifersüchtig machen und etwas wachrütteln, dass er mir mehr Zeit widmen sollte. Auch wenn mein Herz nur ihm gehörte, gab es immerhin noch andere Interessenten. Sehnsüchtig träumte ich von unseren romantischen Nächten auf seinem kleinen roten Fischerboot, genau so ein rotes Fischerboot wie das, das weit draußen auf dem See schwamm. Das Fischerboot hatte auch einen weißen Schriftzug auf der Seite, aber aus der Entfernung konnte ich die Buchstaben nicht erkennen. An der Spitze des Bootes räkelte sich eine blonde Frau, die ihren blanken Busen in die Sonne hielt.

Eigenartig, was waren das für zwei lange, schlanke hautfarbene Stangen, die aus der Mitte des Bootes kerzengerade nach oben standen? Ich blinzelte, um schärfer zu sehen. Das waren keine Stangen, das waren Beine! Die Beine federten merkwürdigerweise rhythmisch auf und ab. Nein, das konnte nicht sein! Das war nicht möglich! Ich brauchte eine Brille. Verstört schwamm ich zurück zum Ufer. Irgendetwas stimmte nicht mit meinen Augen. Vielleicht sollte ich in nächster Zeit nicht nur einen Hör-, sondern auch einen Sehtest machen.

Nachdem ich in meinen Putzkittel geschlüpft war, überlegte ich, ob ich nicht doch einen kurzen Kontroll-Abstecher zum alten Hafen machen wollte. Du machst dich schon wieder verrückt, schimpfte meine innere Stimme. Selbst wenn Adrianos Boot nicht im Hafen liegen sollte, könnte es sein, dass er es verliehen hat.

Ich fuhr nach Hause und wollte Signora Bruna gleich von meiner Heldentat mit dem Badreiniger erzählen, aber sie war nicht da. Also machte ich mich weiter an die Aufräumarbeiten in meiner Wohnung, bis plötzlich gegen acht Uhr mein Handy klingelte.

»Putzagentur Rosi Holzwurm«, meldete ich mich wie gewohnt.

»Hier spricht Signora Bertolotti aus Salò«, erklang die Stimme einer alten Frau.

»Signora Bertolotti!«, rief ich und setzte mich auf mein Bett.

»Wie geht es Ihnen? Sind Sie wieder zu Hause? Ich habe versucht, Sie zu erreichen. Ich bin eine Bekannte von Otto Simon«, quasselte ich sofort los.

»Ich weiß. Meine Nachbarin hat mir einen Zettel hinterlassen, dass ich Sie anrufen soll. Was ist mit Otto? Ist ihm etwas passiert?«, fragte Signora Bertolotti mit zitternder Stimme.

Mein Gott, was sollte ich der alten Dame jetzt bloß sagen? Ich entschied mich, ihr noch nichts von Otto Simons Tod zu erzählen. Sie schien mir in einem sehr labilen Zustand zu sein.

»Frau Bertolotti, ich bin die Putzfrau von Otto Simons Wohnung in Limone. Er hat hier eine Bratsche und eine Nachricht für mich hinterlassen. Ich soll Ihnen das Instrument nach Salò zurückbringen, aber wie ich erfahren habe, waren Sie die letzten Tage im Krankenhaus.«

Signora Bertolotti stöhnte. »Er hat sie also noch nicht verkaufen können. Aber warum meldet er sich denn nicht bei mir? Er ist doch sonst immer so ein zuverlässiger Junge.«

»Bestimmt hat er dringende geschäftliche Termine.« Wieder behalf ich mir mit einer Notlüge. »Otto Simon hätte die Bratsche also für Sie verkaufen sollen?«, fragte ich dann ganz ruhig nach.

»Er hat gesagt, dass er einen berühmten Bratscher gefunden hat, der einen sehr hohen Preis dafür bezahlen will. Diese Bratsche ist ein Erbstück aus der Familie meines Mannes. Mein Mann hat immer gesagt, das ist unsere Lebensversicherung, wenn es uns einmal schlecht geht. Paolo war auch Geigenbauer, aber kein berühmter wie sein bekannter Vorfahre, der diese Bratsche gebaut hat. Paolo hat dieses Instrument immer gepflegt und gespielt, aber vor drei Wochen ist er gestorben.« Signora Bertolotti unterbrach kurz, um sich zu schnäuzen. »Nicht einmal diese berühmte Ärztin, zu der ihn Otto gefahren hat, konnte ihm noch helfen. Sein Herz war seit Langem krank ...« Ihr versagte die Stimme.

»Das tut mir sehr leid.«

Als sich Signora Bertolotti wieder gefangen hatte, fuhr sie fort: »Wissen Sie, wir hatten früher eine kleine Ferienwohnung, die wir hauptsächlich an deutsche Gäste vermietet haben. Otto und seine Eltern sind jedes Jahr gekommen. Dann mussten wir die Wohnung aus finanziellen Gründen verkaufen, weil die Werkstatt von meinem Mann nicht gut lief. Aber Otto hat uns trotzdem regelmäßig besucht, er ist ein guter Junge. Wir haben immer gehofft, dass er und unsere Tochter sich verlieben und heiraten würden, aber unsere Tochter hat sich für einen Sizilianer entschieden.«

Signora Bertolotti würde mir jetzt doch hoffentlich nicht wie Signora Bruna die ganze Familiengeschichte ihres sizilianischen Schwiegersohnes auftischen.

»Und jetzt ist mein Schwiegersohn arbeitslos geworden, und die Familie mit meinen beiden kleinen Enkelkindern steht quasi vor dem Nichts. Wir brauchen das Geld, Frau Holzwurm, und nur deswegen bin ich gezwungen, die geliebte Bratsche meines Mannes zu verkaufen. Verstehen Sie das?«

»Natürlich verstehe ich das, Frau Bertolotti. Aber es gibt doch bestimmt Leute, die auf den Verkauf so wertvoller Instrumente spezialisiert sind. Warum wollten Sie die Bratsche denn ausgerechnet von Otto Simon verkaufen lassen?«

»Otto hat gesagt, er kann das. Er wollte, dass wir uns die Provision für einen professionellen Instrumenten-Makler sparen. Aber irgendetwas scheint bei dem Geschäft nicht funktioniert zu haben«, meinte sie traurig. »Außerdem hatte mein Mann immer Angst, es könne sich herumsprechen, dass wir dieses wertvolle Instrument im Haus haben. Wissen Sie, die Familie Bertolotti ist mittlerweile weit verzweigt, und Paolo hat stets befürchtet, dass auch andere Nachfahren von Gasparo Bertolotti Anspruch auf die Bratsche anmelden. Wenn ich die Bratsche offiziell hätte verkaufen lassen, wären vielleicht irgendwelche entfernte Verwandten aufgetaucht, die ihren Anteil an dem Erlös der Bratsche eingefordert hätten.«

»Es wird sicher eine Möglichkeit geben, die Bratsche zu verkaufen, ohne dass andere Leute etwas davon mitbekommen«, beruhigte ich sie.

»Vielleicht wird Otto ja noch etwas einfallen«, meinte sie.

»Aber ich verstehe nicht, warum Sie mir die Bratsche zurückbringen sollen. Er wollte sich doch darum kümmern.«

»Bestimmt möchte er das wertvolle Instrument auf seinen Geschäftsreisen nicht ständig bei sich haben.« Ich versuchte, ihr eine plausible Antwort zu geben und fragte dann: »Frau Bertolotti, glauben Sie, dass die Einbrecher, die bei Ihnen waren, nach dieser Bratsche gesucht haben?«

»Wahrscheinlich. Gestohlen wurde ja nichts. Die Instrumente, die mein Mann gebaut hat, sind alle noch da, und andere wertvolle Dinge besitzen wir nicht. Ich hoffe doch, dass Otto die Bratsche bald verkaufen kann, damit ich keine Angst mehr vor Einbrechern haben muss.«

»Er wird sicher tun, was er kann«, log ich mit schlechtem Gewissen. »Dann werde ich also morgen Mittag mit der Bratsche zu Ihnen kommen, Frau Bertolotti.«

»Sie sind sehr nett, Frau Holzwurm. Otto kann froh sein, dass er Sie hat.«

Geschmeichelt und gleichzeitig traurig legte ich auf. Otto Simon war also in der Tat ein anständiger Mensch gewesen. Es war auf alle Fälle richtig, dass ich seiner Bitte Folge leistete und die Bratsche zu Signora Bertolotti zurückbrachte. Und die Bekanntschaft zwischen Otto Simon und Frau Dr. Ewald erklärte sich nun also auch. Otto Simon hatte die Verbindung zwischen der Herzspezialistin und Paolo Bertolotti hergestellt, um dem kranken Mann vielleicht doch noch helfen zu können.

Ich sah auf die Uhr und stellte fest, dass ich nur noch wenig Zeit hatte, um mich für das Abendessen mit Dr. König entsprechend herzurichten. Ich musste heute Abend verdammt gut und sexy aussehen, immerhin sollte Adriano vor Eifersucht platzen. Grübelnd stand ich vor meinem Kleiderschrank und entschied mich schließlich für ein kurzes, elegantes Sommerkleid mit knallbuntem Blumenmuster. Ich hatte es lange nicht getragen, weil eine Freundin einmal zu mir gesagt hat, es sei viel zu weit ausgeschnitten. Genau das Richtige also für den Anlass des heutigen Abends!

22

Fertig geschminkt und mit frisch gewaschenen, offenen Haaren wartete ich darauf, dass es klingeln würde. Dr. König war zwar noch nie bei mir gewesen, aber er wusste genau, wo ich wohnte. Er hatte einmal bei Signora Bruna eine zerbrochene Keramikschüssel für mich abgegeben, die er auf dem Wochenmarkt gekauft hatte, der immer dienstags auf dem Lungolago stattfand. Genau so eine Schüssel hatte ich für ihn nachkaufen sollen. Glücklicherweise hatte ich gerade noch das letzte Exemplar mit dieser Bemalung ergattern können, wofür er mich äußerst großzügig entlohnte.

Mit der Pünktlichkeit schien es mein Schreiberling nicht so genau zu nehmen. Nach der akademischen Viertelstunde Verspätung begann ich, mich zu ärgern. Mein Magen knurrte, ich hatte einen Bärenhunger. Um halb zehn Uhr reichte es mir. Stinksauer sah ich auf meinem Handy nach, ob er vielleicht eine Nachricht geschickt hatte, die ich überhört hatte. Nichts. Nicht einmal Federico Prati hatte mir eine SMS geschrieben. Hatte Dr. König wirklich gesagt, dass er mich abholen wollte? Womöglich saß er bereits bei Adriano und wartete dort auf mich. Ich verließ das Haus und marschierte zügig hinunter zur Uferpromenade. Wenn ich nicht bald etwas zu essen bekam, würde meine Laune rapide in den Keller sinken.

Adrianos Ristorante war ziemlich voll, aber Dr. König konnte ich nirgendwo entdecken. Auf einmal verspürte ich einen kleinen Klaps auf meinem Hinterteil.

»Du bist heute aber früh dran, Rosi«, flüsterte mir Adriano ins Ohr. Er hatte sich von hinten an mich herangepirscht.

»Ich suche jemanden«, verriet ich ihm mit einem vielsagenden Blick.

»Und wen?«, wollte er wissen.

»Dr. Waldemar König«, antwortete ich, wobei ich das »Doktor« natürlich betonte.

»Ach so«, meinte Adriano erleichtert, »ich dachte schon, du wärst mit einem anderen attraktiven Mann verabredet.«

Na bravo, Adriano würde die ganze Aktion mit dem eher nicht von Schönheit gesegneten Waldemar König gar nicht erst ernst nehmen. Aber wenigstens hatte er soeben einen Anflug von Eifersucht gezeigt.

»*Adriano! Due Tiramisu per tavolo tre!*«, donnerte Carlottas Stimme zwischen uns, schon machte mein Liebster wieder kehrt. Giorgio ging mit zwei wunderbaren Pastagerichten an mir vorbei, die ich ihm am liebsten aus der Hand gerissen hätte. Sollte ich mich nun allein bei Adriano irgendwo zum Essen hinsetzen? Nein, das war keine gute Idee: Carlotta würde mir wahrscheinlich eigenhändig in der Küche das Essen versalzen.

»Ich komme später wieder!«, rief ich Adriano zu und verließ das Lokal. Mein Schreiberling hätte zumindest absagen können. Vielleicht war sich der berühmte Musikkritiker im Nachhinein doch zu fein dafür, seine Putzfrau zum Essen einzuladen. Allerdings war ich ganz froh, dass mir dadurch weitere Annäherungsversuche erspart blieben.

Mein Magen rebellierte so laut, dass eine junge Frau erschrocken auf meinen Bauch starrte. Ich hatte heute nicht eingekauft, sodass ich mir zu Hause nichts auf die Schnelle brutzeln konnte. Signora Bruna war allem Anschein nach bei ihrer Tochter Alessandra.

Missmutig schlenderte ich über die Piazza Garibaldi. Im Ristorante »Gemma« saßen die Liebespärchen an hübsch gedeckten Tischen mit Kerzenlicht, da wollte ich mich allein ungern dazwischen setzen. Gewohnheitsmäßig trottete ich weiter in Richtung Bar »Al Porto«, obwohl es bei Fabio nur kleine Snacks gab. Ich erreichte den alten Hafen und blickte sehnsüchtig auf Adrianos kleines Boot. Wann würde ich endlich wieder mit meinem Liebsten allein sein?

Als ich den Durchgang unter dem Hotel »Monte Baldo« nahm, wurde gerade einer der beiden kleinen Tische auf der winzigen Terrasse vor dem Ristorante »Monte Baldo« frei, wo man quasi direkt über den Fischerbooten speisen konnte. Die erhöhte Terrasse war so klein, dass vor beiden Tischen jeweils eine Art verlängerter Barhocker auf der Via Porta stand, damit man zu dritt auf gleicher Höhe an einem Tisch essen konnte. Schnell setzte ich mich in dieses Postkartenidyll und griff zufrieden nach den Grissini, die auf dem Tisch standen. Dann verlangte ich die Karte und bestellte ein schönes Vier-Gänge-Menü, das meinen Geldbeutel zwar arg strapazierte, das ich mir jedoch nach den Aufregungen des heutigen Tages verdient hatte.

Nachdem ich mir das Carpaccio mit Rucola und Parmesan zusammen mit einem schönen Bardolino einverleibt hatte, war mein Magen wieder etwas beruhigt, sodass ich mich zurücklehnen und die herrliche Aussicht auf den kleinen Hafen im Abendlicht genießen konnte. Glücklicherweise war der Blick auf die Bar »Al Porto« größtenteils durch das Häuschen mit dem weinbewachsenen Balkon hinter dem Durchgang versperrt. Mir war eingefallen, dass Federico Prati dort sitzen und auf mich warten könnte. Der fehlte mir gerade noch. Wenn ich die Bratsche erst nach Salò gebracht haben würde, würde ich diesem aufdringlichen Herrn ordentlich die Meinung geigen und ihm deutlich zu verstehen geben, dass er in meiner Bar »Al Porto« nichts zu suchen hatte.

Der freundliche Kellner servierte meine Ravioli mit Käse aus Tremosine und Salbeibutter, die ich mit großem Appetit verzehrte. Ach, das Leben war doch herrlich! Obwohl ich immer wieder die glücklichen Liebespaare entdeckte, die an mir vorbei durch die Via Porto flanierten, sich an den Händen hielten und gemeinsam die Schaufenster der Geschäfte im Durchgang betrachteten. Wäre es nicht schön, wenn ich mit Adriano zusammen wie ein ganz normales Liebespaar auch durch Limones Gassen spazieren oder zum Essen ausgehen könnte? Bloß nicht sentimental werden. Ich hatte gewusst, dass Adriano verheiratet ist, und jetzt würde ich mich benehmen wie eine erwachsene Frau, die zu ihren Gefühlen steht, auch wenn die Lage schwierig ist.

Der Kellner brachte meine rosa gebratenen Lammkoteletts mit Rosmarin, sodass ich mich wieder auf die kulinarischen Genüsse dieser Welt konzentrieren konnte. Nach dem abschließenden Schokoladentrüffel neigte sich der Pegel in meinem Bardolino-Weinkännchen ebenfalls dem Ende zu. Mit einem angenehmen Sättigungsgefühl und in beschwingter Stimmung zahlte ich die beachtliche Rechnung und trottete gemütlich zu Adrianos Ristorante vor. Bei Fabio wollte ich heute lieber nicht mehr vorbeischauen. Gestern hatte ich ihm sowieso schon gesagt, dass ich heute wahrscheinlich nicht kommen würde, und dann wollte ich einem möglichen Zusammentreffen mit Federico Prati aus dem Weg gehen. Außerdem war es bereits halb zwölf.

23

Bei Adriano hatte sich der größte Trubel gelegt, nur noch etwa die Hälfte der Tische war belegt. Ich setzte mich auf einen Barhocker, und Adriano mixte mir meinen Spritz.
»Wo warst du heute Abend, Rosi?«, fragte er.
»Ich habe sehr gut im ›Monte Baldo‹ gegessen«, antwortete ich wahrheitsgetreu.
»Was, ganz allein? Aber Rosi, du hättest doch hier bei mir etwas essen können«, meinte er in gekränktem Ton.
»Ich will nicht da essen, wo du arbeiten musst. Ich will mit dir allein sein, Adriano, nur du und ich. Adriaahhnoohh, wann fahren wir wieder mit deinem Boot raus auf den See?«
»Bald, Rosi, bald.«
»*Adriano! Il conto per tavolo quattordici!*«, unterbrach Carlotta messerscharf unsere Unterhaltung.
Ich nippte an meinem Spritz. Mein armer Adriano, was hatte er bloß vom Leben, wenn er so viel arbeiten musste!
Auf einmal ging ein Raunen durchs Lokal. Da ich an der Bar mit dem Rücken zum Essbereich saß, drehte ich mich neugierig um. Erschrocken erblickte ich die beiden blonden Grazien vom Hotel »Al Rio Se«. Sie schwebten in durchsichtigen Chiffon-Kleidchen durchs Restaurant und ließen sich an einem Tisch in der Mitte des Lokals nieder. Das Kleid der Langbeinigen war ein Hauch in weiß, das Zahnpastalächeln trug dasselbe Modell in zartem Rosé. Ich hatte noch nie ein Kleidungsstück gesehen, das derart überflüssig war. Sogar aus hundert Metern Entfernung hätte man erkennen können, dass die beiden Damen nur knapp sitzende String-Tangas in der Farbe ihres Kleides darunter trugen, sonst nichts.
Adriano flitzte hinter die Bar und schenkte zwei Gläser Prosecco ein, dann hetzte er wie der Blitz an den Tisch der Halbnackten und stellte die Gläser vor ihnen ab. Die beiden

hatten ihre wasserstoffblonden Haare heute zu kunstvollen Hochfrisuren aufgebaut. Sie lächelten ihn zuckersüß an.

»*Adriano! Una bottiglia di Spumante, ma subito!*«, stellte Carlotta mit schneidender Stimme die Machtverhältnisse im Restaurant klar.

Giorgio platzierte währenddessen eifrig mehrere Schüsseln mit Knabberzeug neben meinem Spritz. »Möchtest du noch Nüsse, Rosi, oder vielleicht diese roten, scharfen Cracker von neulich? Und Oliven sind auch noch da, wir haben schwarze und grüne«, redete er auf mich ein.

Ich war so geschockt über den provokanten Auftritt der Blondinen, dass ich gar nicht antworten konnte. Erst als ich bemerkte, dass es anderen Frauen im Lokal ähnlich ging, fühlte ich mich etwas besser. Es war eine Unverschämtheit, mit so einem Aufzug sämtliche Männer verrückt zu machen. Mein armer Adriano wusste ja gar nicht mehr, wo er hinsehen sollte, wenn er die zwei bediente. Entschlossen drehte ich mich wieder um und starrte auf die Bar. Niemand konnte mich zwingen, diese peinlichen Weibsbilder weiter ansehen zu müssen. Auf den Schreck hin mampfte ich erst einmal die paar Schüsseln mit Nüssen leer, die vor mir standen.

»Willst du noch etwas, Rosi?« Giorgio bemühte sich beflissen um mich und füllte die Nüsse nach.

»Ein paar Oliven könnte ich noch vertragen«, meinte ich beiläufig, während ich mit Genugtuung hörte, wie Carlotta ihren Gatten von einer Ecke zur anderen scheuchte.

»Giorgio, war Dr. König heute Abend eigentlich hier?«, fragte ich. Irgendwie kam es mir doch merkwürdig vor, dass er unsere Verabredung nicht einmal abgesagt hatte. Das passte nicht zu ihm. Hatte ich mir vielleicht die Uhrzeit nicht richtig gemerkt, zu der er mich abholen wollte?

»Nein, ich habe ihn nicht gesehen. Er war vor einer Woche zum letzten Mal da, als er sich mit dem Weinhändler gestritten hat.«

»Was?« Ich wurde hellhörig. »Mit Otto Simon?«

»Ja, ich glaube, so hieß er.« Giorgio polierte weiter ein großes Rotweinglas. »Es war so viel los im Lokal, dass wir die beiden an einen Tisch setzen mussten. Zuerst haben sie sich sehr nett unterhalten, aber auf einmal wurde Herr Dr. König laut. Ich habe nicht gehört, um was es ging, aber alle Leute haben schon hingeschaut. Carlotta hat versucht, den Streit zu schlichten, aber da war nichts zu machen. Wir waren alle froh, als Dr. König endlich gegangen ist. Dabei ist er normalerweise doch ein so vornehmer Mensch.«

Natürlich konnte ich mir schon denken, weswegen Dr. König so aufgebracht gewesen war. Bestimmt hatten sich die beiden über ihre Berufe ausgetauscht. Als sich mein Schreiberling als bekannter Musikkritiker zu erkennen gegeben hatte, musste ihm Otto Simon erzählt haben, dass er eine echte Gasparo-da-Salò-Bratsche an einen berühmten Bratscher verkaufen wollte, den Dr. König mit Sicherheit kannte. Mein Schreiberling hatte sich daraufhin in eine seiner bekannten Hasstiraden gegen Musiker, die auf alten Instrumenten spielten, hineingesteigert und dabei seine guten Manieren vergessen.

Eigentlich hätten es die guten Manieren von Dr. König auch nicht zulassen dürfen, dass er mich heute Abend versetzt hatte. Hatte er mir nicht gesagt, dass Frau Dr. Ewald seine Ärztin war? War er womöglich herzkrank? Und wenn er einen Herzinfarkt erlitten hatte und nun hilflos und allein in seiner Wohnung lag? Ich holte mein Handy aus der Tasche und rief ihn an. Es war zwar schon spät, aber es war mein gutes Recht, eine Erklärung für sein unfeines Verhalten zu verlangen.

Es klingelte und klingelte, aber niemand nahm ab. Langsam machte ich mir doch Sorgen. Irgendetwas stimmte nicht mit Dr. König, Unzuverlässigkeit gehörte nicht zu seinen Eigenschaften. Ich steckte das Handy wieder in die Tasche. Sollte ich vielleicht zu ihm hinfahren und nachsehen, ob alles in Ordnung war? War es nicht sogar meine Pflicht, dieser untypischen Verhaltensweise auf den Grund zu gehen?

Bevor ich mich weiter mit einem schlechten Gewissen quälte, zahlte ich bei Giorgio meinen Spritz und stolzierte mit einem abschätzigen Blick an den beiden Wasserstoffblondinen vorbei aus dem Restaurant. Auf Adriano war ich sauer, weil er sich nicht mehr um mich gekümmert hatte, seit diese halb nackten Weiber in seinem Lokal saßen. Ich ging, ohne mich bei ihm zu verabschieden.

Es war inzwischen halb eins geworden, die Straßen und Plätze leerten sich. Meine hochhackigen Sandaletten drückten, sodass ich es vorzog, barfuß nach Hause zu gehen. Die Luft war immer noch warm, gut über zwanzig Grad, obwohl zwischendurch ein angenehm kühles Lüftchen vom See her über den Ort wehte. Je näher ich zum Zitronengarten des Castèl kam, desto lauter zirpten die Grillen. Es war, als diente der Berg Mughéra, zu dessen Fuße die Plantage lag, den musizierenden Insekten als Amphitheater.

In der spärlich beleuchteten Via Castello konnte ich bereits meine Vespa sehen, da bemerkte ich einen Schatten vor meiner Haustür. Erschrocken blieb ich stehen. Da ich barfuß unterwegs war, hatte mich die Gestalt nicht kommen hören. Wollte etwa just in diesem Moment schon wieder jemand bei uns einbrechen? Ich wagte kaum zu atmen, vor Angst, dass die Gestalt auf mich aufmerksam werden könnte. Eigenartig, jetzt beugte sich die Gestalt zu meiner Vespa hinunter und nestelte daran herum. Nach einigen Sekunden richtete sich der Schatten wieder auf und ging die Via Castello in die andere Richtung weiter.

Ich wartete eine Weile, dann schlich ich vor zu meiner Vespa. Die Gestalt hatte eine Nachricht auf dem Gepäckträger befestigt. Das hatten wir doch schon mal gehabt! Das letzte Mal hatte es sich um eine Art Drohbrief gehandelt, von dem ich angenommen hatte, dass ihn Aldo Farelli verfasst hatte. Aber Aldo Farelli saß im Badezimmer der Ferienwohnung fest. Aufgeregt nahm ich den Brief an mich und sperrte die Haustür auf, wobei ich mich bemühte, leise zu sein, Signora Bruna war bestimmt schon im Bett. Im Flur schaltete ich das Licht an. »Sehr geehrte Frau Holzwurm«, stand da zu lesen, »da Sie offenbar auf meine SMS nicht mehr reagieren, melde ich mich auf diesem Weg bei Ihnen. Ich muss Sie dringend treffen, um einige Dinge mit Ihnen zu besprechen. Meine Geschäftsfreunde warten darauf, dass ich endlich Kontakt mit Ihnen aufnehme. Lassen Sie uns reden. Federico Prati.«

Dieser eingebildete Antiquitätenhändler hatte doch nicht mehr alle Tassen im Schrank! Schlich hier nachts vor meiner Wohnung herum und wollte zweifelhafte Geschäfte mit mir machen, obwohl ich ihm durch mein Verhalten ja wohl deutlich genug signalisiert hatte, dass er mich sonst was konnte! Und woher wusste er überhaupt, wo ich wohnte?

Auf Zehenspitzen ging ich die Treppen hoch, wechselte meine Stöckelschuhe gegen bequeme Flip-Flops aus und verließ das Haus wieder. Um niemanden zu wecken, rollte ich meine Vespa durch die stille Via Castello und stieg erst oben an der Hauptstraße auf, dann fuhr ich über die Via Caldogno und die Via Foi zur Via Campaldo, wo mein Schreiberling wohnte.

24

Nachdem ich die Vespa am Straßenrand abgestellt hatte, ging ich zur Haustür und überlegte, ob ich tatsächlich klingeln sollte. Es war immerhin kurz vor ein Uhr nachts. Die Fensterläden von Dr. Königs Wohnung waren entweder immer noch oder schon wieder geschlossen. Licht brannte nirgends, es war nicht zu erkennen, ob er eventuell noch wach war. Beherzt drückte ich auf den Klingelknopf, aber nichts tat sich.

Also holte ich meinen Schlüssel aus der Handtasche und sperrte selbst auf. An der Wohnungstür meines Schreiberlings klingelte ich abermals, es kam jedoch kein Laut aus der Wohnung. Ich öffnete auch diese Tür mit meinem Schlüssel und ging hinein. Es war das erste Mal, dass ich die Wohnung im Dunkeln betrat, deswegen musste ich erst überlegen, auf welcher Seite sich der Lichtschalter befand. Endlich ertastete ich den Plastikschalter und machte Licht.

»Herr Dr. König, hier ist Rosi Holzwurm«, rief ich, aber es kam keine Antwort. Die Tür zum Schlafzimmer stand sperrangelweit offen, das Bett war leer und die Laken ordentlich aufgeschlagen.

Ich ging weiter zum Wohnzimmer und rief erneut: »Herr Dr. König, hier ist …« Da blieb mir der Satz im Hals stecken.

Mein Schreiberling lag vor dem Klavier zusammengekrümmt auf dem Boden, die Augen geöffnet, der Blick leer. Ich bückte mich und schüttelte ihn am Arm, dabei war mir sofort klar, dass er tot war. Mein Puls raste vor Aufregung. Was war mit ihm passiert? Ob er tatsächlich einen Herzinfarkt gehabt hatte? Ich sah jedenfalls keine Spuren, die auf eine äußere Gewalteinwirkung hinweisen würden. Auch in der restlichen Wohnung deutete nichts auf einen Kampf hin, alles war wie immer.

Konnte es sein, dass mein armer Schreiberling etwas Verdorbenes gegessen hatte? Im Kühlschrank standen noch Reste des Meeresfrüchtesalates von gestern, aber der müsste sich bei entsprechender Kühlung locker bis heute gehalten haben.

Was sollte ich jetzt tun? Die Polizei rufen? Blödsinn, sagte ich mir, ich sollte Frau Dr. Ewald anrufen, sie war schließlich seine Ärztin. Kurz entschlossen wählte ich die Nummer meiner Frau Doktor und wartete.

Nach einer ganzen Weile hob sie ab und meldete sich schlaftrunken.

»Frau Dr. Ewald, hier ist Rosi Holzwurm«, sagte ich und bemühte mich um einen möglichst gefassten Tonfall. »Es ist etwas Schreckliches passiert, Dr. König liegt tot in seiner Wohnung. Können Sie bitte sofort herkommen?«

»Sind Sie sicher? Haben Sie seinen Puls gemessen?«, fragte sie sachlich.

»Seinen Puls?«, entgegnete ich mit zitternder Stimme. »Ich weiß gar nicht, wo der ist«, log ich gleich hinterher. Ich würde mich jetzt nicht überwinden können, an meinem toten Schreiberling herumzufingern.

»Ich bin in einer Viertelstunde da«, meinte Frau Dr. Ewald schließlich so entspannt, als hätte sie ich sie zum Kaffee eingeladen. Der Tod ihres Patienten schien sie nicht gerade aus den Latschen zu heben. Wahrscheinlich war ihr als Spezialistin für Herzkranke der Umgang mit dem Tod vertraut.

Ich setzte mich auf den Stuhl am großen Esstisch, auf dem ich gestern beim Abendessen gesessen hatte. Da lag er nun, mein bester Kunde, mit Luxusküche, Klavier und umfangreicher Bibliothek. Sein Tod war ein herber Verlust, zweifellos. Nun hatte ich also innerhalb einer Woche zwei meiner Privatkunden durch plötzlichen Tod verloren, was bei vier Privatkunden eine beunruhigende Quote war. Vielleicht hätte ich den Tod von Waldemar König ja verhindern können, wenn ich früher nachgeprüft hätte, warum er nicht zu unserer Verabredung erschienen war. Doch unter normalen Umständen wäre es niemals zu dieser Essenseinladung gekommen, und dann wäre mein Schreiberling auch gestorben.

Es klingelte, ich stand auf und drückte auf den automatischen Türöffner neben der Wohnungstür. Frau Dr. Ewald erschien in einem Badekleid und mit einem großen schwarzen Arztkoffer in der Hand.

»Ach Gottchen, Sie Ärmste, Sie sehen ja ganz blass aus«, begrüßte sie mich, während sie mich am Oberarm tätschelte. »Zum ersten Mal einen Toten gesehen, was? Na, dann führen Sie mich mal zu ihm.«

Ich ging ins Wohnzimmer voraus, Frau Dr. Ewald folgte mir. Sie setzte sich neben Dr. König auf den Boden, nahm sein Handgelenk und suchte nach seinem Puls. Nach einer kurzen Weile griff sie nach ihrem Arztkoffer und öffnete ihn. Ich drehte mich weg, weil ich mir weitere Tests, die das Ableben meines Schreiberlings bestätigten, nicht ansehen wollte.

»Mausetot«, meinte sie schließlich und stand wieder auf.

»Ist er an einem Herzinfarkt gestorben?«, wollte ich wissen.

»Sieht ganz danach aus. Dr. König hatte bereits zwei Bypässe, und wenn er sich stark aufregte, hatte er Probleme mit dem Herz bekommen. Dabei hätte er sich manche Aufregung weiß Gott sparen können«, sagte sie trocken.

»Zum Beispiel die über Musiker, die auf alten Instrumenten spielen«, ergänzte ich.

»Sie sind eine kluge Frau, Frau Holzwurm.« Frau Dr. Ewald beäugte mich kritisch. »Wie kommt es eigentlich, dass Sie Dr. König um diese späte Uhrzeit aufgefunden haben?«

»Ach, Frau Doktor, ich habe ein fürchterlich schlechtes Gewissen«, begann ich. »Dr. König hatte mich zum Essen eingeladen und wollte mich um halb neun Uhr abholen, aber er ist nicht gekommen. Anstatt gleich nachzusehen, ob etwas nicht stimmt, war ich einfach nur sauer, weil er nicht abgesagt hat. Erst später ist mir eingefallen, dass auch etwas hätte passiert sein können. Glauben Sie, er wäre noch zu retten gewesen, wenn ich eher bei ihm vorbeigeschaut hätte?«

»Da machen Sie sich mal keinen Kopf, Frau Holzwurm, so etwas kann man nie sagen. Seine Zeit war eben abgelaufen«, beruhigte sie mich. »Ich muss jetzt die Behörden informieren und einige Formalitäten ausfüllen, aber dazu brauche ich Sie nicht. Fahren Sie doch nach Hause und gehen schlafen, damit Sie sich von dem Schrecken wieder erholen. Ich werde mir erlauben, Ihren Namen und Ihre Anschrift an die Behörden weiterzuleiten, falls die Herrschaften noch Fragen an Sie haben.« Frau Dr. Ewald reichte mir die Hand und begleitete mich zur Wohnungstür.

»Ruhen Sie sich aus, und wie gesagt, Sie trifft keine Schuld am Tod von Dr. König.« Mit diesen tröstenden Worten machte ich mich auf den Weg nach Hause.

Was für eine rabenschwarze Woche, dabei hatte sie doch so gut begonnen! Ich hatte einen vierten Privatkunden mit einem spitzenmäßigen Whirlpool ergattert. Weder die Farellis noch Federico Prati oder die schrecklichen Wasserstoffblondinen hatten meinen Tag getrübt. Ich hatte keine Ahnung von Gasparo da Salò gehabt und war glücklich gewesen. Und jetzt? Zwei tote Kunden, zwei überfallene alte Damen, zwei Verbrecher im Bad einer Ferienwohnung und zwei halb nackte Touristinnen in Adrianos Restaurant. Nichts als doppelte Probleme an allen Ecken und Enden. Eine zwei Millionen Euro teure Bratsche schaukelte unbewacht auf Fabios Fischerboot herum, und morgen musste ich Signora Bertolotti schonend beibringen, dass Otto Simon tot war. Anschließend musste ich zur Polizei gehen und melden, dass ich den Toten aus der Zeitung gekannt hatte und dass ich so bescheuert gewesen war, in seiner Küche sämtliche Blutspuren seines mutmaßlichen Todeskampfes wegzuwischen.

Hundemüde und deprimiert parkte ich meine Vespa vor dem Haus und ging leise nach oben in meine Wohnung. Ich stellte gerade meine Tasche auf der kleinen Kommode neben der Tür ab und schlüpfte aus meinen Flip-Flops, da spürte ich einen stechenden Schmerz an der rechten Seite meines Halses. Nach dem Überfall von heute Vormittag wusste ich augenblicklich, dass dieser Schmerz von der Spitze eines Messers herrührte, das mir jemand von hinten brutal gegen den Hals drückte. Ich spürte, wie ein Rinnsal Blut an meinem Hals herunterlief. Der Alptraum war immer noch nicht zu Ende!

Ich wagte weder mich zu bewegen noch etwas zu sagen. Der Angreifer hinter mir sagte ebenfalls kein Wort. Totenstille herrschte im Zimmer. Da bemerkte ich, dass sich noch eine weitere Person im Zimmer befand. Jemand hatte sich auf mein Bett gesetzt, das Geräusch der leise quietschenden Federn kannte ich gut. Die Person, die mir das Messer an den Hals drückte, packte mich an der Schulter und drehte mich in die andere Richtung. Aber wie war das möglich?

Auf meinem Bett saß Aldo Farelli und bedachte mich mit einem bösen Blick. Genauer gesagt, war es der böse Blick seines rechten Auges. Das linke Auge war mit einer weißen Mullbinde zugeklebt.

25

»Frau Holzewurme, habe ich Sie nicht gesagt, dass man macht mit Aldo Farelli keine Spaß?«, sagte Aldo Farelli in giftigem Ton. Jetzt war mir klar, dass es sich bei dem Mann mit dem Messer natürlich um Dino Farelli handelte. Aber wie waren die beiden bloß aus dem Badezimmer herausgekommen? Sie hatten doch keine Handys gehabt.

»Waren Sie sehr böse zu uns. Haben Sie uns gemacht viele Schmerz. Habe ich fast kaputt meine linke Auge. Aber Aldo Farelli ist eine gerechte Mensch, gibt alles zurück, was er hat bekommen. Und Dino ist eine noch gerechtere Mensch, gibt noch mehr zurück als was er hat bekommen.«

Ich atmete tief durch. Jetzt nur nicht die Nerven verlieren. Ich musste irgendwie Signora Bruna mitteilen, was hier los ist, damit sie die Polizei verständigen kann. Mit einem schnellen Tritt gelang es mir, den Stuhl umzuwerfen, der neben mir stand. Mit lautem Gedonner krachte der Stuhl auf den Holzboden und hüpfte dort noch mehrmals weiter.

»Können Sie machen so viele Lärm wie Sie wollen, Frau Holzewurme. Ist die alte Signora nicht da«, sagte er mir mit schadenfrohem Grinsen.

»Was haben Sie mit Signora Bruna gemacht?«, brüllte ich. Die beiden Verbrecher mussten sie entführt haben. Signora Bruna hatte noch nie woanders übernachtet, seit ich bei ihr wohnte, nicht einmal bei ihrer Tochter Alessandra in Pieve di Tremosine! Aldo Farelli ging nicht auf meine Frage ein, sondern lachte mir dreckig ins Gesicht. Er freute sich über meine Angst um Signora Bruna.

»Dino, zeige die Frau Holzewurme deine Augen«, forderte er seinen Neffen auf. Dino hielt die Messerspitze weiter an meinen Hals, während er langsam um mich herumging und mir schließlich aus nächster Nähe gegenüberstand. Aus seinen stark geröteten, blutunterlaufenen Augen starrte mir der blanke Hass entgegen. Mir stellten sich schlagartig die Haare auf vor Schaudern. Dieser Mann hatte nichts Gutes mit mir vor!

»Frau Holzewurme, gebe ich Sie eine letzte Chance«, sagte Aldo Farelli. »Wenn Sie mir sagen, wo Sie haben versteckt die Viola, Dino wird Sie vielleicht verzeihen. Sonst ich will nicht stecken in Ihre Haut, Frau Holzewurme. Oder in die Haut von die alte Signora.«

Diese letzte Drohung hätte er sich sparen sollen, denn plötzlich wich meine panische Angst unglaublicher Wut.

»Wagen Sie es nicht, Signora Bruna ein Haar zu krümmen, Sie Gauner! Wie sind Sie überhaupt aus dem Badezimmer herausgekommen, haben Sie die ganze Ferienwohnung demoliert?« Ich vermutete, dass es den beiden gelungen war, die Badtür einzutreten.

»Aber Frau Holzewurme, wollen wir doch nicht Schaden machen an Leute, die uns nix haben getan. Hat jemand gewusst, wo Dino und ich sind gewesen. Weil wir nicht sind gegangen an unsere Telefonino, diese jemand hat sich gemacht Sorgen. Ist gekommen und hat die Hausverwaltung erzählt, dass Sie, Frau Holzewurme, haben wahrscheinlich gemacht eine dumme Scherz mit uns.«

Ich konnte es nicht fassen! Wer konnte nur dieser ominöse Retter gewesen sein? Oder war es eine Retterin? Meine Gedanken schweiften automatisch zurück zu dem Gespräch mit Frau Doktor Ewald. Alles würde sie dafür tun, um junge begabte Bratscher zu unterstützen, hatte sie gesagt. Wollte sie diese Bratsche haben, um sie einem begnadeten Nachwuchskünstler zur Verfügung zu stellen? War sie sich vielleicht mit Otto Simon nicht einig geworden, weil dieser die Bratsche an einen bereits etablierten Bratscher verkaufen wollte? Könnte es sein, dass meine Frau Doktor Ewald Otto Simon ermorden lassen und die Farellis auf mich angesetzt hatte? Aber es war doch unvorstellbar. Wirklich? Ich dachte daran, mit welchem Gleichmut sie gerade den Tod von Waldemar König festgestellt hatte. Oder hatte sie vielleicht bereits vom Tod meines Schreiberlings gewusst, und war deshalb so gefasst gewesen? Hatte sie ihn am Ende gar selbst auf dem Gewissen? War sein Tod die Rache für eine schlechte Kritik an einem ihrer geliebten Bratscher, oder gehörte der Tod des berühmt-berüchtigten Musikkritikers gar zu ihrem Förderungsprogramm für junge Nachwuchskünstler? Sie hätte ihm ein falsches Medikament verabreichen können, es wäre der perfekte Mord gewesen. Wenn ein übergewichtiger Mann mit zwei Bypässen und Herzproblemen an einem Herzinfarkt starb, ging doch jeder von einer natürlichen Todesursache aus. Und warum hatte sie so darauf gedrängt, dass ich nach Hause gehen sollte? Hatte sie mir etwa dieses Empfangskomitee geschickt?

»Was ist los, Frau Holzewurme?« Aldo Farelli wurde ungeduldig.

Ich war völlig durcheinander. Eines stand jedoch fest: Solange die Farellis bei mir waren, konnten sie Signora Bruna nichts antun.

»Ich will mit Ihrem Auftraggeber sprechen«, sagte ich mit fester Stimme.

»Piano, piano, Frau Holzewurme. Zuerst Dino und ich wollen haben die Viola, sonst muss der arme Dino mit die roten Augen sehr böse werden!«, drohte er.

»Sie sind zwei kleine Verbrecher, die sich von einer anderen Person vor den Karren spannen lassen. Wissen Sie eigentlich, was diese Bratsche wert ist? Mehrere Millionen Euro. Glauben Sie, dass Ihnen Ihr Auftraggeber ein Stück von der Bratsche abschneiden wird? Sind Sie wirklich so blöd? Sie machen die Drecksarbeit, und Ihr Auftraggeber bekommt die fette Beute.« Ich versuchte verzweifelt, die beiden zum Umdenken zu bewegen.

»Frau Holzewurme, machen Sie keine Sorge um Dino und mich sondern um Sie und um die alte Signora!«, riet Aldo Farelli mir.

»Na schön, ich werde Sie zum Versteck der Bratsche führen, aber nur, wenn Sie Signora Bruna freilassen.«

»Erst die Bratsche, dann die Signora«, stellte Aldo unmissverständlich klar.

»Ich will mit ihr telefonieren.« Auch ich konnte hart bleiben.

»Das geht nicht«, meinte Aldo.

»Natürlich, Sie haben ja kein Handy. Wir nehmen meines.« Mir war eingefallen, dass ich die Handys der beiden Verbrecher heute Mittag in einem Mülleimer entsorgt hatte.

»Erstens, wir haben wieder Handy, und zweitens habe ich Sie doch gesagt, dass das nicht geht.« Er erhob die Stimme und wurde sichtlich sauer.

»Und wer garantiert mir, dass Sie sich an unsere Abmachungen halten?«

»Frau Holzewurme, sind Sie nicht in die Situation, dass Sie können stellen eine Forderung. Sie bringen uns jetzt zu die Versteck. Habe ich keine Geduld mehr mit Ihre Gerede«, brüllte er zornig.

Mir blieb keine andere Wahl. Wenn ich das Leben von Signora Bruna und mein eigenes retten wollte, musste ich Aldo Farelli die Bratsche übergeben.

»Ich möchte meine Schuhe anziehen«, sagte ich kleinlaut.

Mit dem Messer am Hals und weichen Knien schlüpfte ich wieder in meine Flip-Flops und verließ mit den Farellis das Haus.

»Wohin gehen wir?«, fragte Aldo flüsternd

»Zum alten Hafen«, antwortete ich. Vier Tage lang war es mir gelungen, die Bratsche sicher zu verwahren, und nun musste ich sie so kurz vor Schluss aufgeben. Ich fühlte mich schrecklich und dachte an Signora Bertolotti und ihre Familie, deren finanzielle Zukunft ich gerade ruinierte.

Es war Viertel nach zwei Uhr nachts, Limones Straßen und Gassen waren wie ausgestorben, die letzten Bars und Restaurants hatten längst geschlossen. Dino hatte den linken Arm um mich gelegt, als wären wir ein Liebespaar, mit der rechten Hand hielt er mir das Messer an die Seite. Aldo ging ein paar Meter hinter uns und sprach leise vor sich hin. Bestimmt telefonierte er gerade mit seinem Auftraggeber oder seiner Auftraggeberin und lieferte einen Bericht über den Stand der Dinge ab. Wie war er eigentlich so schnell an ein Handy gekommen? Wahrscheinlich hatte er sich eines geliehen.

Auf der Via Porto kam uns ein Mann mit einem Hund entgegen, der sein Tier bei den inzwischen angenehm kühlen Temperaturen Gassi führte. Dino drückte mich in eine Ecke und umarmte mich, die Messerspitze drückte er währenddessen deutlich spürbar gegen meinen Bauch. Aldo ging weiter, als würde er nicht zu uns gehören. Er stellte sich vor das Schaufenster einer Boutique und gab vor, die Auslagen zu studieren. Der Hundebesitzer trottete, ohne uns weiter Beachtung zu schenken, gemächlich an Dino und mir vorbei. Als wir Aldo eingeholt hatten, schloss er sich uns wieder an, bis wir den alten Hafen erreicht hatten. Zwei alte Frauen, die ebenfalls jeweils ein kleines Hundchen an der Leine hielten, saßen auf der Bank vor dem lachsfarbenen Palazzo und unterhielten sich leise.

»Keine Mucks, haben Sie gehört, Frau Holzewurme«, warnte mich Aldo mit gedämpfter Stimme.

Doch die beiden Frauen nahmen leider überhaupt keine Notiz von uns, sie waren offenbar in irgendein Hundeproblem vertieft. Eine der beiden nahm ihr widerspenstiges Hundchen hoch, zeigte der anderen etwas an der Vorderpfote. Ich hatte keine Chance mehr. Wir gingen vor zur Bar »Al Porto« und stellten uns an die Uferkante. »Die Bratsche ist in Fabios Boot«, sagte ich.

»Und wo?«, keifte Aldo ungläubig.

»Im Stauraum unter der Klappe vorne.«

»Einsteigen!«, rief Dino, der sich erstmals seit dem Überfall der Farellis in meiner Wohnung zu Wort meldete. Er übergab Aldo das Messer und ging voraus.

Ich kletterte nach ihm die kleine Eisenleiter an der Mauer bis zum Mauervorsprung hinunter und stieg in Fabios Boot, Aldo folgte mir. Eine der beiden alten Frauen sah kurz zu uns hinüber, schien sich aber nicht weiter für uns zu interessieren und wandte sich wieder der anderen Hundebesitzerin zu. Dino zwang mich, mit ihm auf der Mittelbank Platz zu nehmen, während Aldo nach hinten ging und den Motor anwarf.

Die beiden wollten mit mir wegfahren! Aber weshalb? Ich konnte ihnen die Bratsche doch auch im Hafen übergeben. Oder hatten sie Angst, die zwei alten Frauen könnten vermuten, wir würden etwas aus dem Boot stehlen? Mir wurde himmelangst, was hatten die Farellis vor?

Aldo steuerte das Boot sicher aus dem Hafen und in den See hinaus. Alles, was ich auf den nächtlichen Bootsfahrten mit Adriano romantisch gefunden hatte, kam mir jetzt bedrohlich vor: die zunehmende Dunkelheit, die sich immer weiter entfernenden Lichter des Ufers, das Plätschern des Wassers. Wenigstens sorgte der Mond dafür, dass man auch fernab des Ufers etwas sehen konnte.

Nach einigen Minuten stellte Aldo den Motor ab und wartete, bis sich das Boot beruhigt hatte.

»So, Frau Holzewurme, jetzt holen Sie endlich die Bratsche aus die Versteck!«, befahl er.

Ich stand auf, kletterte ungelenk über die vordere Sitzbank und balancierte auf wackeligem Grund zur Klappe des Stauraumes vor. Entschlossen griff ich an das weiße Brett, das den Stauraum bedeckte, und hob es hoch. Was war das? In der Hoffnung, dass sich meine Augen täuschten, tastete ich panisch nach dem Strandsack. Er war nicht da! Der Blick in den leeren Stauraum zog mir regelrecht das Blut aus den Adern, ich hatte das Gefühl, gleich ohnmächtig zu werden.

»Die Bratsche ist weg!«, rief ich. »Jemand muss sie gestohlen haben!«

Aldo und Dino starrten mich wütend an. Das war mein Todesurteil gewesen.

26

»Frau Holzewurme, jetzt ist Schluss mit die Spaß«, teilte mir Aldo mit eiskalter Endgültigkeit mit. Dann nuschelte er etwas in Italienisch zu seinem Neffen, das ich nicht verstand. Dino schob mich mit dem Messer an meinem Hals zur Mittelbank, während Aldo nach hinten ging.

Wie gelähmt saß ich auf der Bank und dachte an meinen Freund Fabio.

Er hatte mich hintergangen und betrogen. Ich konnte es einfach nicht glauben. Niemand außer Fabio und natürlich Signora Bruna und mir wusste, dass ich auf seinem Boot etwas versteckt hielt. Bestimmt hatte er nachgesehen, was der Strandsack für ein Geheimnis beinhaltete. Über ein paar Klicks im Internet hatte er sicher genau wie ich herausgefunden, was diese Bratsche wert war, und hatte dann sein eigenes Geschäft damit gemacht. Wie konnte man sich nur so in einem Menschen täuschen.

Hinter uns murmelte Aldo auf einmal leise ein paar Worte. Führte er Selbstgespräche, oder telefonierte er schon wieder? Wahrscheinlich holte er sich weitere Anweisungen, wie er mit mir verfahren sollte. Vielleicht hatte er sogar meine Frau Dr. Ewald am anderen Ende der Leitung. Das Genuschel war zwar eindeutig Italienisch, aber Frau Dr. Ewald sprach die Sprache des Landes, in dem sie ihren Zweitwohnsitz hatte, perfekt. Ob mich Aldo mit ihr sprechen lassen würde?

Ich drehte mich um und wollte Aldo gerade um das Handy bitten, da traf mich der nächste Schlag. Es war die schlimmste Erkenntnis, die ich mir hätte vorstellen können. Das silberne Handy, das Aldo an sein Ohr hielt, hatte einen breiten Ferrari-Aufkleber an der Rückseite. Meine ganze Welt brach innerhalb einer Sekunde zusammen. Genau so einen Ferrari-Aufkleber hatte Adrianos Handy!

»Umdrehen!«, brüllte Dino und drückte mir das Messer wieder stärker gegen meinen Hals.

Alles war aus. Von mir aus hätte mir Dino sofort die Kehle durchschneiden können, es war mir egal. Vielleicht wäre es sogar das Beste gewesen. Der Mann, für den ich mein ganzes Leben umgekrempelt hatte, war ein geldgieriger Mörder, der mich diesen beiden Verbrechern zum Fraß vorgeworfen hatte.

Wie konnte ich nur so blind gewesen sein? Weshalb hatte ich nicht weiter darüber nachgedacht, als sich Adriano vor ein paar Tagen mit Aldo Farelli vor seinem Ristorante unterhalten hatte? Adriano hatte mir gesagt, Aldo hätte sich nach mir erkundigt, aber er habe ihm nicht verraten, dass ich drinnen an der Bar saß. Er hatte gesagt, er wolle mich schließlich nicht mit Aldo Farelli teilen. Dümmer als ich konnte man kaum sein.

Auf einmal fiel es mir wie Schuppen von den Augen: In der Nacht, in der Otto Simon wahrscheinlich getötet wurde, war Adriano nicht in seinem Restaurant gewesen. Angeblich hatte er Kopfschmerzen gehabt. Und als ich am selben Abend noch zu Fabio ging, lag Adrianos Boot nicht im Hafen. Er hatte es einem Bekannten geliehen, hatte er mir erzählt. Jetzt wusste ich, wer dieser Bekannte war: Aldo Farelli. Wahrscheinlich hatten die Farellis die Leiche von Otto Simon noch in dieser Nacht im Gardasee entsorgt, und Adriano hatte ihnen dabei geholfen. Schließlich konnte man eine Leiche nicht vor den Augen der Touristen zum alten Hafen schleppen und dort in ein Boot verfrachten. Adriano musste das Boot zu einer abgelegenen Stelle am Ufer gesteuert haben, wo die Farellis mit dem toten Otto Simon auf ihn gewartet hatten. Wahrscheinlich hatten die Farellis dafür sogar Otto Simons eigenen Wagen benützt und ihn anschließend verkauft.

Mir war schlecht. Mein Kreislauf spielte verrückt, meine Hände und Füße waren auf einmal eiskalt. Ich wurde von den Menschen, denen ich am meisten vertraut hatte, aufs Schlimmste getäuscht und belogen.

Bis auf die arme Signora Bruna, die selbst irgendwo gefangen gehalten wurde. Aber wenn mich die Farellis jetzt umbrachten, dann war es doch sinnlos, Signora Bruna ebenfalls noch etwas anzutun. Und Signora Bruna war über die ganze Geschichte um die Bratsche und um den toten Otto Simon informiert. Wenn ich plötzlich verschwand, dann würde sie zur Polizei gehen und alles erzählen. Irgendwann kam die Wahrheit ans Licht. Es war mein einziger Trost. Irgendwann, wenn ich schon tot war, würde Adriano für seinen Verrat bestraft werden.

Aus der Ferne hörte ich das Geräusch eines Motors. Ich war so in Gedanken versunken, dass ich gar nicht bemerkt hatte, dass Aldo sich in kurzen Sätzen mit Dino unterhielt. Gerade hatte er gesagt: »*Adesso viene*«, was so viel hieß wie: »Er oder sie kommt jetzt.« Mittlerweile wusste ich ja nun, dass der geheimnisvolle Auftraggeber ein Mann war. »Er kommt jetzt.«

Das war also meine letzte Verabredung mit Adriano. Als ich ihn am Abend gefragt hatte, wann wir wieder zusammen auf den See hinausfahren würden, hatte er »Bald, Rosi, bald« gesagt. Dass es so bald sein würde, hatte ich nicht geahnt.

Das Motorengeräusch wurde lauter, und ich konnte das auf uns zufahrende Fischerboot sehen. Obwohl der Mond alles in ein grau-blaues Licht tauchte, erkannte ich das Boot, in dem ich die romantischsten Stunden meines Lebens verbracht hatte. Mir war so übel, dass ich mich fast übergeben musste. Ich sah Adrianos Umrisse, der hinten am Motor saß und das Boot auf uns zusteuerte.

Plötzlich schaltete er den Motor ab, um die letzten Meter vorsichtig mit einem Paddel zurückzulegen. Adriano musste eine weite Jacke tragen, er wirkte fülliger als sonst. Aber das war gar nicht Adriano! Ungläubig starrte ich auf die Gestalt, die nun immer deutlicher wurde. Das war doch nicht möglich! Die Person, die da auf uns zupaddelte, war Carlotta!

Obwohl die Wendung der Dinge meine Lage keineswegs verbesserte, fühlte ich merkwürdigerweise eine tiefe Erleichterung. Allein der Gedanke, mein Adriano hätte die Farellis beauftragt, mich zu töten, hatte mich fast um den Verstand gebracht. Natürlich war es für Carlotta ein Kinderspiel, Adrianos Handy zu entwenden. Es lag immer in einer Schublade in der Bar, während Adriano arbeitete.

Carlotta warf Aldo einen Strick zu, den dieser an Fabios Boot befestigte, dann half er ihr dabei, zu uns umzusteigen. Unter der Jacke trug Carlotta immer noch das elegante Kleid, das sie am Abend beim Bedienen angehabt hatte. Sie setzte sich mir gegenüber auf die vordere Bank und blickte mich an.

»Überrascht?«, fragte sie mich mit eisiger Stimme.

Ich hatte keine Lust zu antworten. Diese Frau hatte gleich mehrere Rechnungen mit mir offen, es war absolut zwecklos, sie um Gnade zu bitten.

»Wo ist die Bratsche?«, begann Carlotta ganz ruhig mit ihrer Befragung.

»Das wüsste ich auch gern«, antwortete ich.

»Frau Holzwurm, wenn Sie noch den Hauch einer Chance haben wollen, dieses Boot lebend zu verlassen, kann ich Ihnen nur raten, uns endlich die Wahrheit zu sagen. Wo haben Sie die Bratsche versteckt?« Beim letzten Satz betonte Carlotta jedes Wort einzeln, als verstünde ich kein Deutsch.

»Ich habe sie Fabio gegeben, der sie hier auf seinem Boot versteckt hat«, antwortete ich.

»Das glauben Sie doch selber nicht, Frau Holzwurm. Eine Millionen Euro teure Bratsche auf einem schäbigen Fischerboot, an dem täglich Tausende Touristen vorbeirennen? Das Boot war nicht einmal gesichert, jeder x-beliebige Dieb hätte einfach einsteigen und wegfahren können. Und was, wenn es ein Gewitter gegeben hätte? So ein Instrument darf nicht nass werden, das wissen Sie so gut wie ich, Frau Holzwurm, auch wenn Sie nur eine Putzfrau sind.«

»Immerhin eine Putzfrau, die Ihnen Ihren Mann ausgespannt hat«, konterte ich.

»Lächerlich«, meinte Carlotta nur.

Diese Reaktion hatte ich nun nicht erwartet, eher eine Art Racheansprache oder ein Eifersuchtsdrama.

»Sie halten sich für sehr schlau, Frau Holzwurm, und natürlich für viel schlauer als ein gewöhnlicher Hausmeister. Aber da haben Sie sich getäuscht. Aldo hatte von Anfang an den Verdacht, dass Sie die Bratsche gestohlen haben. Zuerst dachten wir zwar, Otto Simon habe eine Freundin, der er die Bratsche womöglich gegeben hatte. Immerhin waren Sie dreist genug gewesen, sich in seinen Whirlpool zu legen. Aber das passte genau zu Ihnen, Frau Holzwurm. Sie haben so getan, als wären Sie die Hausherrin. Genauso, wie Sie versucht haben, die Chefin in meinem Ristorante zu werden!«

Carlotta hielt inne und wartete offenbar darauf, dass ich etwas erwiderte und mich verteidigte, aber das konnte ich mir sparen. Ich hatte ohnehin verloren, was sollte ich da zu ihren Anschuldigungen noch sagen?

»Aldo hat am Dienstag eine Frau auf einer hellblauen Vespa gesehen, die einen länglichen Koffer auf den Gepäckträger gespannt hatte. Genau dieselbe Vespa stand bereits einen Tag vorher vor dem Haus, als sich eine unbekannte Frau im Whirlpool von Otto Simon vergnügt hat. Limone ist klein, Frau Holzwurm. Es gibt nicht viele Leute hier, die eine hellblaue Vespa fahren.«

Es war also so gewesen, wie ich befürchtet hatte. Aldo hatte mich tatsächlich auf dem Weg nach Hause gesehen.

»Wo hat die Signor Simon die Viola versteckt, Frau Holzewurme? Habe ich gesucht in die ganze Wohnung und in die Auto, und sogar in die Tiefgarage und in die Keller mit die Waschmaschine. Also sagen Sie, wo?«, mischte sich Aldo ein, der offenbar immer noch daran zu knabbern hatte, dass er das Instrument nicht gefunden hatte.

»Ich sage Ihnen gar nichts«, erwiderte ich.

»Sie mir werden noch sagen, Frau Holzewurme«, meinte Aldo überlegen und drohte mir mit gestrecktem Zeigefinger. Ich wollte nicht darüber nachdenken, wie er das gemeint hatte. »Für Sie wäre besser gewesen, Sie hätten die Viola zurückgebracht, so wie ich Sie habe geschrieben in die Brief. Aber Sie sind eine Egoist, Frau Holzewurme! Haben Sie nicht gedacht an die nette Signora in ihre Haus.«

Ich drehte mich um und spuckte Aldo auf die Füße. »Du bist ein elendiger Dreckskerl«, schrie ich ihn an. Gleich darauf nahm mich Dino derart in einen Würgegriff, dass ich kaum noch sprechen konnte.

27

»Aber, aber, Frau Holzwurm, wir wollen doch nicht unser gutes Benehmen vergessen«, sagte Carlotta.

»Woher wussten Sie von der Bratsche«, quetschte ich heraus, während mich Dino immer noch im Würgegriff hielt.

»Dr. König und Otto Simon hatten sich so laut in meinem Ristorante darüber gestritten, dass ich gar nicht umhin kam, etwas davon mitzubekommen. Dr. König wollte nicht, dass Otto Simon die Bratsche an einen bestimmten Musiker verkauft, weil dieser angeblich schlecht spielt. Daraufhin hat Otto Simon gesagt, dass der Musiker zwei Millionen Euro für die Bratsche zahlen würde. Bei zwei Millionen Euro wird jede Geschäftsfrau hellhörig, Frau Holzwurm. Als Dr. König endlich das Ristorante verlassen hatte, habe ich mich zu Otto Simon gesetzt und ihm gesagt, dass ich ebenfalls Interesse an der Bratsche hätte. Ich habe ihm erzählt, ich hätte eine Erbschaft gemacht und würde nach einer Geldanlage für meine beiden Söhne suchen. Daraufhin hat mir Otto Simon seine Karte gegeben. Am nächsten Tag habe ich ihn angerufen.«

Über Carlottas Gesichtszüge huschte ein gemeines Lächeln. »Natürlich wusste ich, dass ich den Musiker überbieten musste, wenn ich eine Chance haben wollte. Otto Simon meinte, er würde die Angelegenheit mit der Familie besprechen, aus dessen Besitz das Instrument stammte. Am Montagnachmittag rief er bei mir an und sagte, er würde mir die Bratsche zum abgemachten Preis verkaufen. Wenn ich ihm bis zum Abend die Hälfte des Geldes in bar und die andere Hälfte als Scheck übergebe, dann könnte ich die Bratsche haben.«

Dino hatte seinen Würgegriff wahrscheinlich unabsichtlich etwas gelockert, sodass ich wenigstens wieder ohne Beklemmung atmen konnte. War Carlotta wirklich so reich?

»Ich habe Otto Simon gesagt, dass ich unmöglich am Abend

das Ristorante verlassen könnte und dass ich stattdessen meinen besten Freund und dessen Neffen schicken wollte. Otto Simon staunte nicht schlecht, als ich ihm mitteilte, dass es sich bei meinem besten Freund um seinen Hausmeister Aldo Farelli handelte.«

Carlotta warf Aldo einen verschwörerischen Blick zu. »Ich schickte Aldo mit einem kleinen schwarzen Koffer los, in dem sich natürlich nur Zeitungspapier befand. Oder dachten Sie, ich hätte tatsächlich so viel Geld?«, fragte mich Carlotta mit provokantem Unterton. »Als es zum Geschäftsabschluss in der Wohnung von Otto Simon kommen sollte, weigerte sich dieser jedoch, Aldo die Bratsche zu zeigen. Er wollte zuerst das Geld und den Scheck sehen. Leider ist Dino dann etwas zu stürmisch geworden, sonst hätten wir das Versteck der Bratsche vielleicht noch aus Otto Simon herausgebracht.«

Die Kaltblütigkeit und Brutalität dieser Frau warfen mich schier um. Nachdem ich Otto Simon also telefonisch vor den Farellis gewarnt hatte, hatte er die Bratsche vorsichtshalber unter meinem Putzzeug versteckt. Er wollte sich absichern, falls es sich bei dem Treffen um eine Falle handeln sollte.

»Da Aldo und Dino das Instrument nirgendwo finden konnten, dachten wir zunächst, Otto Simon hätte die Bratsche vielleicht gar nicht in Limone, sondern sie sei immer noch bei der Familie in Salò. Über das Sterbebildchen von einem Paolo Bertolotti, das Aldo in einer Schublade von Otto Simon gefunden hatte, waren wir darauf gekommen, um welche Familie es sich handeln musste. Aldo und Dino sind sofort hingefahren, fanden aber nur eine alte verwirrte Frau vor, die von nichts wusste. Sie haben natürlich auch dort alles abgesucht, aber die Bratsche von Gasparo da Salò war weg.«

Carlotta machte eine Pause und sah mich durchdringend an. »*Sie* wissen, wo die Bratsche ist, Frau Holzwurm«, sagte sie mir auf den Kopf zu, »und wir werden es herausbekommen. Ich werde dafür sorgen, dass Dino heute nicht zu stürmisch vorgehen wird.«

Ihr Hinweis auf das, was mich in Kürze erwarten würde,

trieb mir eiskalten Angstschweiß aus den Poren. Mit dieser Bestie war Adriano seit fünfundzwanzig Jahren verheiratet. Wie konnte er nur neben so einer Person leben?

»Dann hatten wir leider noch ein kleines Problem mit Dr. König. Otto Simon hatte ihn angerufen und ihm erzählt, dass er die Bratsche nun vielleicht doch nicht an diesen Musiker verkaufen würde, weil er von mir ein besseres Angebot erhalten hatte. Er wollte von Dr. König wissen, ob es moralisch vertretbar sei, so ein gutes Instrument an jemanden zu verkaufen, der selbst nicht musizierte. Angeblich müssen alte Instrumente regelmäßig gespielt werden, damit sie sozusagen in Schuss bleiben. Heute Vormittag rief mich Dr. König dann in meinem Ristorante an und sagte, er sei erst heute Morgen dazu gekommen, die Zeitung von gestern zu lesen. Er hatte das Bild des toten Otto Simon in dem Blatt gesehen und wollte von mir wissen, wann ich Otto Simon zuletzt gesehen hatte. Dann erzählte er mir von dessen Anruf bei ihm, in dem Otto Simon von meinem Interesse an der Bratsche berichtet hatte, und fragte mich glatt, ob wir uns geschäftlich hatten einigen können. Dr. König wusste zu viel, das stand fest. Wir verabredeten uns, und ich bin mit meiner Pistole in der Handtasche zu ihm hingefahren. Die Pistole hatte ich mir übrigens vor Jahren einmal gekauft, um Adriano zu erschießen. Aber Aldo hat mir erklärt, dass man so etwas nicht tut. Man bringt nicht den Vater seiner Kinder um, das bringt Unglück.«

Eine bemerkenswerte Weisheit für einen Menschen ohne Gewissen.

Carlotta fuhr sich durch das von der Bootsfahrt etwas ungeordnete Haar. »Wie durch ein Wunder habe ich die Pistole aber gar nicht gebraucht. Das heißt, ich musste nicht damit schießen. Nachdem ich Dr. König mit vorgehaltener Pistole die ganze Geschichte vom Tod Otto Simons erzählt hatte, bekam er einen Herzinfarkt.« Sie grinste zufrieden. »Er hatte zwar noch ein wenig geröchelt, aber nach ein paar Minuten hat sich unser Problem von ganz allein gelöst.«

Carlotta gefiel sich in ihrer Erzählerrolle, in der sie stolz von ihren Gräueltaten berichtete. Sie saß aufrecht mit gefalteten Händen im Schoß und elegant überschlagenen Beinen auf der Holzbank, als hielte sie eine Fernsehansprache.

»Na, Frau Holzwurm, hätten Sie mir das zugetraut? Sicher nicht. Für Sie bin ich doch nur die dumme Ehefrau, die sich vor allen Leuten die Affären ihres Mannes gefallen lässt.«

»Was heißt hier Affären?« Ich räusperte mich und fand auf einmal meine Stimme wieder. »Adriano liebt mich.«

Carlotta begann schallend zu lachen. »Hast du das gehört, Aldo? Ist sie nicht rührend? Adriano liebt niemanden, Frau Holzwurm, außer natürlich sich selbst.«

»Woher wollen Sie das wissen? Sie waren schließlich nicht dabei, wenn wir zusammen waren«, entgegnete ich.

»Frau Holzwurm«, sagte Carlotta gekünstelt gelangweilt, »was denken Sie, wie viele Frauen Adriano schon dazu gebracht hat zu glauben, er würde sie lieben? Einhundert, zweihundert, vielleicht sogar dreihundert? Nach dem ersten Jahr unserer Ehe habe ich beschlossen, sie nicht mehr zu zählen.«

»Das war vor meiner Zeit.« Ich merkte, wie ich langsam wütend wurde.

»Sind Sie wirklich so naiv? Haben Sie die zwei halb nackten Blondinen nicht gesehen? Seit diese Frauen in Limone sind, kann Adriano kaum noch laufen, weil ihn die beiden so … strapazieren.« Carlotta kniff die Augen zusammen, um möglichst genau meine Reaktion auf ihre letzten Sätze zu sehen.

Ich dachte an mein Mittagessen im »Al Rio Se«, als die beiden im spärlichsten Badeoutfit von einem Boot abgeholt wurden. Ich dachte an die Abende, in denen Adriano wegen angeblicher Kopfschmerzen nicht arbeiten konnte, und an die verschwörerischen Blicke, die die beiden Frauen Adriano im Restaurant zugeworfen hatten. Und natürlich dachte ich auch an die Szene in dem roten Fischerboot, die ich beim Schwimmen gesehen hatte. Ich brauchte wohl doch keine Brille. Was ich brauchte, war eine bessere Verbindung zwischen Augen und Verstand. Nicht nur Adriano hatte mir etwas vorgemacht, sondern auch ich mir selbst. Adriano war mein Traummann, und diesen Traummann wollte ich so sehen, wie ich ihn mir erträumt hatte. Alles, was ich nicht wahrhaben wollte, hatte ich einfach ausgeblendet. Es war ein schöner Traum gewesen, aber nun war er zu Ende.

»Ohne Aldo hätte ich die letzten Jahre nicht überstanden«, fuhr Carlotta fort. »Aldo und ich wollen neu anfangen, deswegen brauchen wir das Geld. Und Dino soll natürlich auch nicht leer ausgehen.« Offenbar hielt sie es für notwendig, einen Satz an den Neffen ihres Geliebten zu richten. »Wir wollen unser eigenes Ristorante aufmachen. ›Da Carlotta‹ wird es heißen. Es soll klein sein, aber gehoben. Wir wollen keine billigen Touristen als Gäste, sondern Feinschmecker aus aller Welt. Wenn Angelo mit seiner Lehre im ›Il Desco‹ fertig ist, wird er unser Koch. Wir werden berühmt werden und die erste Adresse in Limone sein. Adriano soll sich schwarz ärgern, wenn er das mitansehen muss.«

Carlottas Augen funkelten vor Hass. »Natürlich brauchen wir für unsere Pläne das Geld, das wir für den Verkauf der Bratsche bekommen werden. Also, Frau Holzwurm, wo ist sie?«

Ihr Blick sprach eine eindeutige Sprache: Meine Schonfrist war vorbei.

Verzweifelt schaute ich auf den See.

»Na gut, Frau Holzwurm, Sie wollen es anscheinend nicht anders«, sagte sie nach einer letzten kurzen Pause und reichte Aldo ein Stofftaschentuch. Während mir Dino nach wie vor das Messer an den Hals drückte, schob mir Aldo gewaltsam das länglich gefaltete Taschentuch in den Mund und band es an meinem Hinterkopf so streng zusammen, dass meine Mundwinkel und Wangen schmerzten. Ich war wie betäubt vor Angst. Selbst ohne den Knebel hätte ich wohl keinen Laut hervorgebracht. Wer könnte mir jetzt noch helfen? Sollte ich lügen und sagen, die Bratsche wäre bei Frau Dr. Ewald oder bei Federico Prati? Würden mich diese Mörder dann verschonen?«

»*Puoi cominciare!*«, gab Carlotta in nüchternem Ton das

Startkommando an meinen Peiniger. Ich schickte ein letztes Stoßgebet zum Himmel, dann wurde ich fast ohnmächtig. Dino riss meinen Kopf nach hinten und setzte die Messerspitze an meiner rechten Wange an.

Plötzlich war mir so, als näherte sich das Geräusch eines Motorbootes. War mein Stoßgebet erhört worden, oder drehte ich nun vor Panik völlig durch? Das Motorengeheul wurde lauter und lauter und steigerte sich zu einem solchen Lärm, dass ich mir sicher war, dass es von mindestens zwei Schnellbooten kommen musste. Mit einem Mal wurden wir von großen Scheinwerfern geblendet, die direkt auf uns gerichtet waren. Carlotta starrte erschrocken ins Licht, Dino ließ sein Messer fallen. Wie blutleer sackte ich auf der Bank zusammen.

28

»*Qui parla la polizia!* Hier spricht die Polizei!«, hallte es durch einen Lautsprecher wie Engelsgesang an mein Ohr. Hinter mir machte es »Flatsch«, Aldo war ins Wasser geflüchtet. Als Dino dies bemerkte, sprang er sofort hinterher, nur Carlotta blieb wie versteinert im Scheinwerferlicht sitzen.

Ich stand auf und wollte winken, da ich mit dem Knebel im Mund ja nicht schreien konnte. Aber die Wellen, die von den Schnellbooten kamen, ließen das kleine Fischerboot derart schaukeln, dass ich stürzte und seitlich auf den Boden fiel. Dort blieb ich in unbequemer Haltung liegen und wartete ab.

Der Motor des einen Schnellbootes wurde abgestellt, das andere suchte offenbar nach den beiden Flüchtigen. Es folgten einige verzerrte Anweisungen auf Italienisch, von denen ich nur verstand, dass wir aufstehen und die Hände heben sollten. Ich hangelte mich an der Mittelbank hoch, dann sah ich, wie zwei Polizisten auf Fabios Boot sprangen und die kratzende und beißende Carlotta überwältigten. Sie legten ihr Handschellen an und zwangen sie unter ihrem wilden Geschimpfe, auf das Polizeiboot umzusteigen.

Gleich darauf kamen ein Sanitäter und ein weiterer Polizist von dem Polizeiboot zu mir herüber. Der Sanitäter löste meine Knebelung und half mir beim Aufsitzen.

»Sind Sie in Ordnung?«, fragte er besorgt.

Ich konnte vor Freude und Erleichterung nur nicken.

»Das war Rettung in letzter Minute, wie?«, meinte der Polizist.

»Woher h-haben Sie g-gewusst …«, stotterte ich los, wobei ich bemerkte, dass ich am ganzen Körper zitterte.

»Zwei Damen haben uns informiert. Sie warten auf dem Polizeiboot auf Sie«, informierte mich der Polizist mit einem leichten Augenzwinkern.

Zwei Damen? Wer konnte das nur sein? Der Sanitäter half mir ins Polizeiboot, und ich wurde in einen Innenraum des Bootes gebracht, in dem zwei mir mit dem Rücken zugewandte alte Frauen auf einer Holzbank saßen. Sie hatten große Tücher um die Köpfe geschlungen und zwei kleine Hundchen an der Leine. Es waren die beiden Frauen, die auf der Bank am alten Hafen gesessen waren!

Ich ging um die Bank herum und wollte mich gerade überschwänglich bedanken, da blickte ich in zwei grinsende Gesichter. Eines der beiden Gesichter grinste besonders frech, es war schlecht geschminkt und verfügte über einen beträchtlichen Damenbartansatz: Fabio! Und neben ihm saß Signora Bruna.

»Sie wurden ja gar nicht entführt, Signora Bruna«, rief ich erleichtert und überglücklich und umarmte meine beiden Retter.

»Wieso ich? Sie wurden doch entführt, Rosi?«, fragte Signora Bruna mit hochgezogenen Augenbrauen.

»Ach, Signora Bruna, das ist eine lange Geschichte«, stöhnte ich.

»Auf die Geschichte bin ich auch schon sehr gespannt«, mischte sich der Polizist ein, der vorhin bei mir auf Fabios Boot war und die Szene beobachtet hatte. »Haben Sie noch die Kraft, damit wir ein erstes Protokoll aufnehmen können, Frau Holzwurm?«

»Ja, die habe ich. Ich werde heute Nacht sowieso nicht schlafen können.« Als wir den neuen Hafen erreicht hatten, warteten bereits mehrere Polizeifahrzeuge auf uns. Die immer noch laut schimpfende Carlotta wurde abgeführt und in ein Auto verfrachtet.

Ich verabschiedete mich von Fabio und Signora Bruna und umarmte beide noch einmal. »Wir haben nichts von der Bratsche gesagt«, flüsterte mir Signora Bruna zu, und Fabio sagte leise: »In der Besenkammer der Bar.«

Alles war gut. Fast alles. Aber über Adriano wollte ich erst morgen nachdenken.

Ich fuhr zusammen mit den Polizisten zur Station und begann, die ganze Geschichte von Beginn an zu erzählen. Ich berichtete von Aldo Farellis Anruf und dem Auftrag, die Rotweinflecken in der Küche von Otto Simon wegzuwischen. Was ich bei dieser Gelegenheit im Keller gefunden hatte, verschwieg ich. Dann unterrichtete ich die Polizisten über die merkwürdigen Anrufe von Aldo und über den Drohbrief auf meinem Gepäckständer. Ich fuhr fort mit dem Einbruch bei Signora Bruna, und dass die Einbrecher zwar das ganze Haus durchsucht, jedoch nichts gestohlen hatten. Weil Signora Bruna nichts abhanden gekommen war, wollte sie sich nicht die Mühe einer Anzeige machen. Dann schilderte ich den Überfall in der Ferienwohnung, und wie ich mich gegen die Farellis zur Wehr gesetzt hatte. Bei diesem Überfall, so sagte ich aus, hätte ich erfahren, dass die Farellis hinter einer wertvollen Bratsche her waren.

Dann informierte ich die Polizisten darüber, dass ich meinen Kunden Waldemar König tot aufgefunden und meine Kundin Frau Dr. Ewald hinzugerufen hatte, die vermutete, dass ihr Patient an einem Herzinfarkt gestorben war. Zu guter Letzt gab ich endlich Carlottas ganzes Geständnis wieder.

Kaum war ich mit meinem Bericht fertig, kam ein weiterer Polizist zur Tür herein und teilte uns mit, dass die Farellis gefasst worden waren. Ich atmete tief durch. Der Alptraum war endlich zu Ende.

Hoffentlich hatten die Polizisten mir abgenommen, dass ich nicht im Besitz der Bratsche war und auch nie gewesen war. Ich wollte auf jeden Fall verhindern, dass man die Bratsche monatelang in der Asservatenkammer der Polizei als Beweisstück verwahrte und Signora Bertolotti nicht die Möglichkeit bekam, das Instrument zu verkaufen. Signora Bertolotti hatte die Bratsche nicht als gestohlen gemeldet, also würde die Polizei hoffentlich auch nicht danach suchen.

Was die Farellis betraf, so glaubte ich nicht, dass sie Otto Simons Nachricht an mich der Polizei vorlegen würden. Die beiden würden sicher behaupten, sie hätten noch nie etwas von einer Bratsche von Gasparo da Salò gehört. Was hatte Aldo doch für ein schreckliches Spiel mit mir gespielt, als er mich auch noch glauben ließ, sie hätten Signora Bruna entführt. Ich selbst musste ihn auf diese Idee gebracht haben, als ich mich nach Signora Bruna erkundigte. Aldo hatte meine Vermutung dankbar aufgenommen, um mich dadurch zusätzlich unter Druck zu setzen. Beim Gedanken daran, was ich meiner Frau Dr. Ewald zugetraut hatte, wurde ich rot wie eine Tomate. Wie konnte ich nur auf die Schnapsidee kommen, dass sie eine Mörderin sein könnte. Ich war heilfroh, dass niemand von meinem absurden Verdacht wusste.

Gegen fünf Uhr morgens brachte mich ein Polizist nach Hause und meinte, ich solle mich erst einmal ordentlich ausschlafen. Ich legte mich auf mein Bett, und völlig erschöpft fielen mir sofort die Augen zu. Ich sank in einen tiefen, traumlosen Schlaf.

29

Um kurz vor neun Uhr weckte mich die Sonne, die mich an der Nase kitzelte. Obwohl ich nicht einmal vier Stunden geschlafen hatte, fühlte ich mich wunderbar ausgeruht. Signora Bruna hatte mir letzte Nacht noch einen Zettel auf die Treppe gelegt, auf dem stand: »Frühstück um zehn Uhr bei Fabio?«

Das passte gut, da ich vorhatte, das Schnellboot um elf Uhr zehn nach Salò zu nehmen. Ich war gespannt, wie mir Fabio und Signora Bruna den Umstand erklären würden, dass sie mitten in der Nacht als Hundebesitzerinnen getarnt am alten Hafen herumlungerten. Und natürlich wollte ich auch wissen, was sie der Polizei erzählt hatten.

Ich stand auf und öffnete das Fenster. Wie jeden Morgen wurde mir warm ums Herz, als ich über die malerischen Dächer der Altstadt zum Gardasee hinunterblickte, dessen Oberfläche lustig in der Sonne funkelte. Der vertraute Klang der Kirchturmglocken drang von San Benedetto herüber, die frische Morgenluft roch süß und würzig. Ich erinnerte mich an letzten September, als ich in dem wunderschönen Park, der Limones Rathaus umgab, inmitten der Palmen, Kakteen und bunten Blumen gestanden hatte, mit Blick auf den blauen See und auf die Berge, die das Wasser einsäumten. »Ich wünschte, ich könnte hier leben«, hatte ich zu meiner Freundin Gisela gesagt.

Nun lebte ich tatsächlich hier. Limone war mir zur Heimat geworden, aber der Hauptgrund für meinen Umzug nach Limone existierte nicht mehr. Was sollte ich jetzt tun? Es war bizarr.

Wie oft hatte ich insgeheim davon geträumt, dass sich Adriano von Carlotta trennen würde, wie gern wäre ich selbst die Patrona im Ristorante »Da Adriano« gewesen. Und nun, wo Carlotta mit Sicherheit für die nächsten Jahre von der Bildfläche verschwinden würde, war alles anders. Adriano war entzaubert, ich hatte keine Gefühle mehr für ihn. Sollte ich wieder zurück nach München gehen? Sollte ich Leopold heiraten, meine Flitterwochen am Tegernsee verbringen und mit ihm ein gutbürgerliches und geregeltes Leben führen? Meine Familie müsste sich dann nicht mehr für mich schämen, und alle wären zufrieden. Aber ich, wäre ich auch zufrieden? Ich vertagte diese Entscheidung und ging ins Bad.

Unter der Dusche fiel mir siedend heiß ein, dass ich heute bis um vier Uhr zwei Ferienwohnungen geputzt haben musste. Wegen der Fahrt nach Salò war das nicht zu schaffen. Ich schlang mir ein Handtuch um und rief bei der Eigentümerin der Ferienwohnungen an. Die Dame war so erbost über meine Unzuverlässigkeit, dass sie in Zukunft auf meine Dienste verzichten wollte. Na wunderbar, nach dem Tod meines besten Kunden verlor ich auch noch zwei Ferienwohnungen. Bald würde ich vor Wasser und trocken Brot sitzen. Mein Rückzug nach München wurde immer wahrscheinlicher. Ich zog mir ein hübsches Sommerkleid an und machte mich vor dem Spiegel zurecht, dann stieg ich die Treppen nach unten und klopfte an die Küchentür von Signora Bruna.

»Schön, dass Sie schon wach sind, Rosi. Konnten Sie denn schlafen nach der ganzen Aufregung?« Meine Vermieterin musterte mich besorgt.

»Wie ein Stein«, sagte ich mit einem Grinsen.

»Sie sind mir doch nicht böse, Rosi, dass ich Fabio ins Vertrauen gezogen habe? Aber ich dachte, zu zweit ist man unauffälliger.«

»Sie haben mir das Leben gerettet, Signora Bruna. Wie soll ich Ihnen da böse sein«, entgegnete ich.

Gemütlich flanierten wir durch Limones Gassen hinunter zum alten Hafen. Signora Bruna wollte, dass ich erst in der Bar »Al Porto« erzählte, was sich letzte Nacht auf dem See zugetragen hatte, damit Fabio auch alles mithören konnte.

Am Hafen herrschte die gleiche heitere, quirlige Stimmung wie jeden Tag um diese Uhrzeit. Nichts erinnerte daran, was sich heute Nacht hier abgespielt hatte. Wir setzten uns an einen meiner Lieblingstische und warteten auf Fabio, der kurze Zeit später dick belegte Panini und Cappuccino an unseren Tisch brachte.

»Du warst eine grottenhässliche Frau, wenn ich das sagen darf«, begrüßte ich ihn.

»Phhh!«, schnaubte Fabio scherzhaft gekränkt.

Während ich mit großem Appetit das erste Panino verdrückte, berichtete Signora Bruna von ihrem gestrigen Tag. Sie war zum Mittagessen bei ihrer Tochter in Pieve di Tremosine gewesen und hatte sich ständig auf die Zunge beißen müssen, damit sie nichts von dem Einbruch und von meinen Erlebnissen mit der Bratsche und den Farellis verriet. Die ganze Geschichte hatte sie derart beschäftigt, dass sie an nichts anderes mehr denken konnte. Hinzu kam die Angst, dass mir etwas passieren könnte.

Kurz entschlossen war sie am Nachmittag zu Fabio gegangen und hatte ihm alles erzählt. Die beiden hatten Sorge, dass mich die Farellis doch dazu bringen könnten, sie zum Versteck der Bratsche zu führen. Außerdem waren sie neugierig, wer hinter den Machenschaften der Farellis steckte. Sie schmiedeten den Plan mit der Nachtwache und überlegten sich eine unauffällige Tarnung. Die Hunde hatten sie von Fabios Onkel ausgeliehen, der adrette Rock für Fabio war ein altes Stück von Signora Bruna.

»Als wir dich dann in inniger Umarmung mit Dino Farelli gesehen haben, wussten wir, es war Alarmstufe rot. Ich wollte sofort die Polizei rufen, aber Bruna meinte, wir sollten noch etwas warten, vielleicht würde noch jemand kommen.«

»Signora Bruna!«, rief ich. »Sie haben aber Nerven!«

»Ich hatte doch recht«, verteidigte sich meine Vermieterin. »Es hat nicht lange gedauert, da ist Carlotta angerannt gekommen und in Adrianos Boot gestiegen. Nachdem sie losgefahren war, haben wir die Polizei verständigt.«

»Und was habt ihr der Polizei erzählt?«, wollte ich nun endlich wissen.

»Dass wir beobachtet haben, wie die Farellis dir ein Messer an den Bauch gehalten und dich gezwungen haben, in mein Boot zu steigen«, erklärte Fabio. »Ich habe ihnen weisgemacht, wir würden mein Boot beobachten, weil ich wegen ständig fehlenden Benzins den Verdacht hätte, dass jemand nachts damit spazieren fährt.«

»Ihr seid genial!«, rief ich und biss in mein drittes Panino, das mir ein Mitarbeiter Fabios serviert hatte. Nachdem ich auch dieses vertilgt hatte, war ich mit meiner Geschichte an der Reihe. Fabio und Signora Bruna wurden ganz bleich im Gesicht, sie waren sichtlich geschockt über Carlottas Brutalität. Sie kannten sie seit vielen Jahren und hatten ein völlig anderes Bild von ihr.

»Wenn sie einen anständigen Ehemann hätte, wäre sie niemals so geworden.« Signora Bruna klang sehr überzeugt. Ich wollte nicht weiter über diese These nachdenken, geschweige denn, mit ihr über Adriano diskutieren.

Gegen Viertel vor elf Uhr ging ich mit Fabio nach hinten in die Besenkammer der Bar und holte den Strandsack mitsamt seinem wertvollen Inhalt heraus.

»Lass dich nicht schon wieder überfallen«, meinte er scherzhaft, obwohl ich ihm deutlich ansah, dass seine Sorge echt war.

Ich verabschiedete mich von meinen beiden Lebensrettern und marschierte mit einem absolut sicheren Gefühl zum Schiffsanlegeplatz. Wer sollte mich denn jetzt noch überfallen? Die Farellis saßen doch hinter Schloss und Riegel. Ich reihte mich in die Warteschlange der Touristen ein und sah nach Norden, weil ich vermutete, dass das Schiff aus Riva kommen würde. Vor mir unterhielten sich zwei Urlauberinnen in amerikanischem Slang über die Orte »Gardoune«, »Sirmioune« und »Bardoulinou«, da hörte ich auf einmal jemanden hinter mir meinen Namen sagen.

»Frau Holzwurm.«

Ich drehte mich um und sah erschrocken in die Augen von Federico Prati.

»Endlich kann ich mit Ihnen allein reden, in der Bar ›Al Porto‹ waren Sie ja in Gesellschaft.« Signor Prati atmete erleichtert aus. Den aufdringlichen Antiquitätenhändler hatte ich total vergessen. Sofort klammerte ich meine Hände fester um das Zugband des Strandsackes.

»Weswegen haben Sie sich nicht gemeldet, Frau Holzwurm? Was glauben Sie, wie ich jetzt vor meinen Geschäftsfreunden dastehe?«, fragte er in vorwurfsvollem Ton, als würde er eine Erklärung erwarten.

»Was fällt Ihnen ein, mich zu verfolgen. Ihre Geschäftsfreunde sind mir doch völlig egal«, brüllte ich ihn an.

Die Amerikanerinnen vor mir drehten sich um und schauten neugierig zu mir her.

»Aber Sie haben mich doch gefragt, ob ich Freunde oder Bekannte habe, die eine Putzfrau suchen?«, antwortete Federico Prati völlig verdattert.

Hatte ich mich verhört? Was hatte er gerade gesagt?

»Ich hätte drei neue Kunden für Sie in Malcesine, bei einem Objekt handelt es sich sogar um ein ganzes Ferienhaus in äußerst gehobenem Stil. Aber offenbar sind Sie nicht mehr interessiert.«

»Aber, Signor Prati, wenn Sie wüssten …«, stammelte ich, während ich mich in Grund und Boden schämte.

»Wenn ich was wüsste?«, fragte Federico. »Normalerweise verstehe ich ja viel von Frauen, Frau Holzwurm, aber Sie sind mir ein einziges Rätsel. Ich gebe zu, dass Sie das sehr interessant macht, aber ich weiß nicht, wie ich mich Ihnen gegenüber verhalten soll. Alles, was ich tue, scheint falsch zu sein.«

»Aber nein, Signor Prati, ich werde die Putzstellen natürlich mit großer Freude annehmen«, antwortete ich schnell, bevor ich es mir noch ganz mit ihm verdarb.

»Schön, dann hätten wir zumindest das geklärt. Was machen Sie hier eigentlich in dieser Schlange, Frau Holzwurm?«

»Ich warte auf mein Schiff nach Salò«, sagte.

»Nach Salò?« Er biss sofort an. »Es wäre mir eine Ehre, wenn ich Ihnen unser wunderschönes Salò mit der längsten

Strandpromenade unseres Gardasees zeigen dürfte«, schoss es aus ihm heraus.

Der Putzstellenvermittler hatte blitzschnell die Rollen gewechselt und war schon wieder zum leidenschaftlichen Casanova geworden. Er lächelte mich charmant und hoffnungsvoll an und wartete darauf, ob seine Fremdenführernummer endlich auch bei mir funktionieren würde.

Ich erstickte seine Hoffnungen sofort im Keim. »Das geht nicht, ich besuche jemanden.«

»Aber ich könnte Sie mit meinem Boot hinüberfahren und warten, bis Sie mit Ihrem Besuch fertig sind«, schlug er vor.

»Ach, Sie haben ein Boot?«, fragte ich.

»Natürlich, ich fahre immer mit meinem eigenen Boot. Es liegt vorne am neuen Hafen«, bemerkte er, als sei das die selbstverständlichste Sache der Welt.

»Ist es ein kleines Fischerboot?« Das wollte ich genauer wissen.

»Wenn ich das eher gewusst hätte, Frau Holzwurm. Ich habe auch ein kleines Fischerboot, aber heute bin ich leider mit meiner Jacht hier.«

»Hm«, antwortete ich. Eigentlich sah er ja gar nicht so schlecht aus, der Herr Antiquitätenhändler für alles, was selten, gut und teuer war. Wenn man ihm das protzige Goldkettchen vom Hals abnehmen würde, wäre er sogar ein ganz attraktiver Mann. Dass mir das vorher nicht aufgefallen war ...

»Signor Prati, könnten Sie mir und einer lieben Bekannten helfen, eine echte Bratsche von Gasparo da Salò zu verkaufen?« Ich dachte nicht lange nach, sondern fragte einfach.

»Eine echte Bratsche von Gasparo da Salò?«, vergewisserte er sich mit großen Augen. Ich nickte. »Aber selbstverständlich. Ein Geschäftsfreund von mir ist spezialisiert auf den Verkauf von alten Instrumenten. Er schuldet mir sowieso noch einen Gefallen.«

Das Schiff nach Salò lief ein, die Leute begannen zu drängeln.

»Und, sind Sie denn nun einverstanden, dass ich Sie nach

Salò bringen darf?«, erkundigte sich Federico Prati noch einmal. »Ich könnte Sie in Salò zum Essen einladen, ich kenne da ein Ristorante mit ausgezeichneten Penne all'arrabbiata und mit sehr guten Mascarpone-Torten.«

Ich machte einen Schritt zur Seite und stellte mich neben die Schlange.

»Und natürlich könnten wir auch jederzeit einen Ausflug mit meinem kleinen Fischerboot machen, sogar nachts, wenn Sie möchten. Ich könnte Champagner und etwas Leckeres zum Essen mitnehmen, wir würden vom See aus die kleinen Lichter der Ortschaften betrachten und den leise plätschernden Wellen lauschen, und dann könnte ich Ihnen unseren wunderschönen Sternenhimmel zeigen. Wie finden Sie das, Frau Holzwurm?«

Ich lächelte ihn an und hauchte: »Schööön, Signor Praaatiii!«

ENDE

Danksagung

Mein herzlicher Dank gilt meiner Familie, insbesondere meinen Eltern Roswitha und Wolfram Menschick, die mich mit ihrer Liebe zu Italien bereits in meiner Kindheit angesteckt haben.

Meiner Schwester Julia Menschick, die in Cremona Geigenbau studiert und mir wertvolle Tipps gegeben hat.

Und natürlich meinem Mann Helmut und meiner Tochter Kathrin, die bereitwillig immer wieder mit mir nach Italien fahren und mich mit ihren eigenen Urlaubserinnerungen wesentlich bei diesem Krimi unterstützt haben.

Roswitha Wildgans
FINALE FURIOSO
Broschur, 176 Seiten
ISBN 978-3-89705-437-0

»Eine singende Wirtin, die auch ermittelt – ein vergnüglicher Lesestoff.« Süddeutsche Zeitung

»Ein erfrischend gradliniger, unterhaltsamer Krimi mit einer sehr sympathischen Ermittlerin.« Libro fantastico

Roswitha Wildgans
SOLO MORTALE
Broschur, 192 Seiten
ISBN 978-3-89705-453-0

»Gute Unterhaltung für Fans von Hera Lind bis Agatha Christie.«
Süddeutsche Zeitung

»Der Krimi verbindet Amüsement, bayerisches Ambiente und Spannung.« Erdinger Anzeiger

www.emons-verlag.de

Roswitha Wildgans
CONCERTO FATALE
Broschur, 192 Seiten
ISBN 978-3-89705-523-0

»Neben der spannenden Handlung und dem erfrischenden Lokalkolorit ist es eben die sympathische Hauptfigur, die mit ihren kleinen Schwächen und Spleens ›Concerto Fatale‹ zu einem kurzweiligen und amüsanten Lesevergnügen machen – ein gewitzter Krimi aus Oberbayern mit viel Charme und einer überraschenden Auflösung.«
Moosburger Zeitung

Roswitha Wildgans
CHORALE CRIMINALE
Broschur, 192 Seiten
ISBN 978-3-89705-613-8

»Roswitha Wildgans versteht es auch diesmal, ein todernstes Thema mit humorig-boshafter Erzählweise lebendig vor den Augen der Leser entstehen zu lassen.« brikada.de

»›Chorale Chriminale‹ bietet wieder alles, was das Krimiherz begehrt.« Moosburger Zeitung

www.emons-verlag.de

Roswitha Wildgans
CANONE VOCALE
Broschur, 176 Seiten
ISBN 978-3-89705-729-6

»Im fünften Streich der Freisinger Krimiautorin Wildgans ist Maja Kuckuck wieder voll in Aktion – jene Mischung aus weiblichem Hercule Poirot und schrulliger Miss Marple, die in der Domstadt ihr humorig schnüffelndes Unwesen treibt. Locker flockige Dialoge, die die Handlung vorantreiben, allerlei Fäden, die den Verdacht mal auf diesen, mal auf jenen Tatverdächtigen lenken, und ein überraschendes Ende.«   Freisinger Tagblatt

»Ein Krimi mit viel Lokalkolorit, gute Unterhaltung für Freunde des Genres.«   Bayern im Buch

www.emons-verlag.de